ET Scrittori
786

Dello stesso autore nel catalogo Einaudi

È stato cosí
Famiglia
Valentino
Le voci della sera
La città e la casa
Le piccole virtú
Lessico famigliare
Cinque romanzi brevi
Ti ho sposato per allegria e altre commedie
Sagittario
La famiglia Manzoni
Tutti i nostri ieri
Mai devi domandarmi
L'intervista
Serena Cruz o la vera giustizia
Teatro
Caro Michele
È difficile parlare di sé
Non possiamo saperlo

Natalia Ginzburg
La strada che va in città

Introduzione di Cesare Garboli

Einaudi

© 1942 e 2000 Giulio Einaudi editore s.p.a., Torino

Prima edizione nei «Narratori contemporanei», 1942,
sotto lo pseudonimo di Alessandra Tornimparte

www.einaudi.it

ISBN 978-88-06-18423-0

Introduzione*

Aspro, pungente, pieno di sapori nuovi come un frutto appena un po' acerbo, *La strada che va in città* è uno dei libri piú belli di Natalia Ginzburg. È un libro senza rughe: non perde mai di freschezza, e mantiene intatta, a ogni rilettura, attraverso gli anni, la sua ruvidezza selvatica e adolescente. È un libro dai tanti significati possibili, dove tutto si svolge in penombra, negli angoli, di nascosto, e tutto è in pieno sole e in primo piano. Di solito lo si annette a quell'area di manierismo pavesiano-contadino promosso dalle traduzioni di romanzi americani di cui è esempio, a tacere di *Paesi tuoi*, la nota antologia *Americana* compilata in quegli anni da Elio Vittorini per l'editore Bompiani. E la presenza di una certa America in traduzione è confermata dalla stessa Ginzburg, col suo richiamo alla grande fortuna in Italia di *Tobacco's road*. Ma basterebbe grattare un po' sotto la superficie per incrinare questo tenace luogo comune. Può sembrare strano, ma c'è uno stretto parallelismo tra la carpenteria famigliare, la piccola folla di voci, gli spazi e le nicchie assegnate a ciascun perso-

---

* Il testo di Cesare Garboli che qui pubblichiamo è apparso per la prima volta come parte dell'*Introduzione* al volume di Natalia Ginzburg, *Cinque romanzi brevi* (1993).

naggio del breve romanzo e la sapiente, animata orchestrazione di due libri di memoria come le *Voci della sera* e perfino *Lessico famigliare*. A volte si ha quasi l'impressione che il primo dei romanzi della Ginzburg sia la sinopia irriconoscibile di quei due libri famosi. L'interesse rivolto al vivere insieme, ai legami di sangue, all'odio e all'amore che si creano nella promiscuità di una tana anticipa il tema dei libri piú tardi. Perfino il rapporto tra le due sorelle, la nubile e la maritata, Delia e Azalea, si lascia leggere come il precedente di quello tra Natalia e Paola nel *Lessico*. Uguale è l'attenzione prestata alle apparenze, alla futilità, agli atteggiamenti, ai vestiti dietro i quali la vita si nasconde e si manifesta. Si tratta, naturalmente, di parallelismo speculare, sepolto sotto una forte opposizione di tono e di stile. Il senso di marcia è invertito: là, nei libri piú tardi, la scoperta della memoria è una forma di riconciliazione, segna il ritorno al grembo, e scrivere è far pace col mondo; qui, nel libro di esordio, scrivere è incontrare il mondo, sputare se stessi, rompere con la tana e proiettarsi verso la crudeltà dell'ignoto. La semplicità di schema con cui la Ginzburg ha raccontato la voglia, la fretta, la gioia, la fatalità, il bisogno di diventare adulti ha già la forza, in sé, e la forma di una narrazione compiuta, perché chiama in causa, fisiologicamente, il tempo: *La strada che va in città* è la storia di una gravidanza, seguita passo passo dai suoi antefatti alla sua conclusione, senza che mai ci venga insinuato il sospetto che sia questo l'argomento cui bisogna prestare attenzione.

In una lettera a Silvio Micheli del 31 gennaio

1946, la Ginzburg si lascia andare a una confidenza: «le ho mandato una copia della *Strada che va in città*. È un libro che tante volte mi piace, ma tante volte mi sembra futile e freddo». La stessa incertezza, piú o meno con le stesse parole, verrà espressa vent'anni dopo nella *Nota* a *Cinque romanzi brevi*: «Non so se mi piacesse. O meglio mi piaceva fino all'inverosimile perché era mio; soltanto mi sembrava che in fondo non dicesse nulla di speciale». I rapporti della Ginzburg col suo romanzo d'esordio non furono mai facili. Ma qualcosa cambiò dopo la raccolta delle *Opere complete* nel Meridiano Mondadori. Non so perché, forse da qualche piccolo indizio, mi sono formato la convinzione che negli ultimi anni la Ginzburg giudicasse *La strada che va in città* uno dei suoi libri migliori, e non solo il piú amato.

CESARE GARBOLI

Prefazione*

Cominciai a scrivere *La strada che va in città* nel settembre del '41. Mi flottava in testa il settembre, il settembre della campagna in Abruzzo non piovoso ma caldo e sereno, con la terra che diventa rossa, le colline che diventano rosse, e mi flottava in testa la nostalgia di Torino, e anche forse *La via del tabacco* che avevo letto, mi pare, a quel tempo e mi piaceva un poco, non molto. E tutte queste cose si confondevano e si rimescolavano dentro di me. Desideravo scrivere un romanzo, non piú solo un racconto breve. Soltanto non sapevo se avrei avuto abbastanza fiato.

Cominciando a scrivere, temevo che fosse, di nuovo, solo un racconto breve. Però nello stesso tempo temevo che mi venisse troppo lungo e noioso. Ricordavo che mia madre, quando leggeva un romanzo troppo lungo e noioso, diceva «Che sbrodolata». Prima d'allora non mi era mai capitato di pensare a mia madre quando scrivevo. E se ci avevo pensato, sempre mi era sembrato che non m'importasse nulla della sua opinione. Ma adesso mia madre era lontana e io ne avevo nostalgia. Per la prima volta sentii il de-

---

* Il testo di Natalia Ginzburg che qui pubblichiamo è apparso per la prima volta come parte della *Nota* al volume *Cinque romanzi brevi* (1964).

siderio di scrivere qualcosa che piacesse a mia madre.

Per non sbrodolare, scrissi e riscrissi piú volte le prime pagine, cercando di essere il piú possibile asciutta e secca. Volevo che ogni frase fosse come una scudisciata o uno schiaffo.

Personaggi veri non affatto richiesti entrarono nella storia che avevo pensato. Veramente non so se avevo proprio pensato una storia. Scopersi che un piccolo racconto bisogna averlo in testa come in un guscio, ma un lungo racconto, a un certo punto si sgomitola tutto da solo, quasi *si scrive da sé*. Io mi ero fermata a lungo sulle prime pagine, ma dopo le prime pagine presi la rincorsa e tirai dritto d'un fiato.

I miei personaggi erano la gente del paese, che vedevo dalle finestre e incontravo sui sentieri. Non chiamati e non richiesti eran venuti nella mia storia: e alcuni li avevo subito riconosciuti, altri li riconobbi soltanto dopo che ebbi finito di scrivere. Ma in loro si mescolavano – anch'essi non chiamati – i miei amici e i miei piú stretti parenti. E la strada, la strada che tagliava in mezzo il paese e correva, tra campi e colline, fino alla città di Aquila, era venuta anche lei dentro alla mia storia della quale io ancora non sapevo il titolo, perché dopo avere avuto per anni tanti titoli nella testa, ora che scrivevo un romanzo non sapevo che titolo dargli. Quando ebbi finito il mio romanzo (cosí lo chiamavo in me) contai i personaggi e vidi che erano dodici. Dodici! Mi sembrarono molti. Tuttavia mi disperai perché in verità non era un romanzo, ma null'altro che un racconto un po' lungo. Non so se mi piacesse. O meglio mi piaceva fino all'inverosimile perché era mio; soltanto mi sembrava che in fondo non dicesse nulla di speciale.

La strada era, dunque, la strada che ho detto. La città era insieme Aquila e Torino. Il paese era quello, amato e detestato, che abitavo ormai da piú d'un anno e che ormai conoscevo nei piú remoti vicoli e sentieri. La ragazza che dice «io» era una ragazza che incontravo sempre su quei sentieri. La casa era la sua casa e la madre era sua madre. Ma in parte era anche una mia antica compagna di scuola, che non rivedevo da anni. E in parte era anche, in qualche modo oscuro e confuso, me stessa. E da allora sempre, quando usai la prima persona, m'accorsi che io stessa, non chiamata, non richiesta, m'infilavo nel mio scrivere.

Non diedi nessun nome né al paese, né alla città. Sentivo sempre quell'antica avversione ad usare nomi di luoghi reali. E anche usare nomi di luoghi inventati, allora mi ripugnava (lo feci piú tardi). Cosí anche sentivo una profonda avversione per i cognomi: i miei personaggi non avevano mai cognome. Non so se ancora giocasse in me il rammarico d'essere nata in Italia, e non sulle rive del Don. Ma credo piuttosto che allora io sentissi come una spinta a cercare un mondo che non fosse situato in un punto speciale dell'Italia, un mondo che potesse essere insieme nord e sud. E in quanto ai cognomi, mi ci vollero anni e anni per liberarmi dell'avversione ai cognomi: e non credo d'esserne del tutto libera neppure oggi.

Quando ebbi finito quel romanzo, scopersi che se c'era in esso qualcosa di vivo, nasceva dai legami d'amore e di odio che mi legavano a quel paese; e nasceva dall'odio e dall'amore in cui s'erano accoppiati e rimescolati, nei personaggi, la gente del paese e i miei parenti stretti, amici e fratelli: e mi dissi ancora una volta che io non dovevo raccontare nulla che mi fosse indifferente o estraneo, che nei miei personaggi dovevano sempre celarsi persone vive a cui ero legata da vincoli stretti. Apparentemente non mi legavano vincoli stretti alla gente del paese, che incontravo passando e che era entrata in quella mia storia: ma stretto era il vincolo d'amore e di odio che mi legava all'intero paese; e nella gente del paese s'erano mescolati i miei amici e fratelli. E pensai che questo significava scrivere non *per caso*. Scrivere *per caso* era lasciarsi andare al gioco della pura osservazione e invenzione, che si muove fuori di noi, cogliendo a caso fra esseri, luoghi e cose a noi indifferenti. Scrivere non *per caso* era dire soltanto di quello che amiamo. La memoria è amorosa e non è mai *casuale*. Essa affonda le radici nella nostra stessa vita, e perciò la sua scelta non è mai *casuale*, ma sempre appassionata e imperiosa. Lo pensai; ma poi lo dimenticai, e in seguito ancora per molti anni mi diedi al gioco dell'oziosa invenzione, credendo di poter inventare dal nulla, senza amore né odio, trastullandomi fra esseri e cose per cui non sentivo che un'oziosa curiosità.

Il titolo *La strada che va in città* non fui io a trovarlo. Fu mio marito. Il libro uscí nel '42 con pseudonimo, e nel paese, nessuno seppe che io avevo scritto e stampato un libro.

NATALIA GINZBURG

Cronologia della vita e delle opere

1916 Nasce il 14 luglio a Palermo, da Giuseppe Levi e Lidia Tanzi, ultima di cinque fratelli. È il caso a farla nascere a Palermo: il padre, triestino, insegnava anatomia comparata all'Università di Palermo, in quegli anni; divenne, piú tardi, un biologo e un istologo di grande fama. La madre era lombarda, ed era figlia di Carlo Tanzi, avvocato socialista, amico di Turati. Figure di primo piano erano, nella famiglia, Eugenio Tanzi, psichiatra, zio della madre, il musicologo Silvio Tanzi, morto giovane, fratello della madre, e Cesare Levi, fratello del padre, critico teatrale e studioso.

1919 La famiglia Levi si trasferisce a Torino. Natalia non frequenta le elementari; studia in casa.

1927 È iscritta al Liceo-Ginnasio Vittorio Alfieri.

1935 Consegue la maturità classica e s'iscrive alla Facoltà di Lettere. Frequenta i corsi di Augusto Rostagni e Ferdinando Neri. Non si è mai laureata. Scrive e pubblica i primi racconti su «Solaria», «Il Lavoro», «Letteratura» (1934-1937).

1938 Sposa Leone Ginzburg.

1940 Segue il marito al confino – senza limite di tempo – in Abruzzo, a Pizzoli, un villaggio a quindici chilometri dall'Aquila, coi figli Carlo e Andrea. All'Aquila nasce la figlia Alessandra.

1942 Pubblica, presso la casa editrice Einaudi, il suo primo romanzo, *La strada che va in città*, con lo pseudonimo di Alessandra Tornimparte.

1943 Il 26 luglio Leone Ginzburg lascia il confino, rientra a Torino e di lí passa a Roma, dove in settembre comincia la lotta clandestina. Il 1° novembre, coi tre figli, Natalia raggiunge il marito a Roma, in un alloggio di fortuna in via XXI Aprile. Il 20 novembre Leone è arrestato dalla polizia italiana nella tipografia clandestina di via Basento. È trasferito nel braccio tedesco di Regina Coeli.

1944 Il 5 febbraio Ginzburg muore nelle carceri di Regina Coeli. Dal giorno dell'arresto fino a quello della morte, Natalia non vide mai il marito. Dopo una provvisoria sistemazione nel convento delle Orsoline al Nomentano, si trasferisce coi figli a Firenze, in casa della zia materna. Liberata Firenze, ritorna a Roma in ottobre. Prende alloggio in una pensione valdese a S. Maria Maggiore, poi in casa di un'amica, nel quartiere Prati. È assunta come redattrice dalla casa editrice Einaudi.

1945 In ottobre ritorna a Torino, nella vecchia casa dei genitori in via Pallamaglio (oggi via Morgari). Continua a lavorare nella casa editrice Einaudi.

1947 Pubblica il romanzo *È stato così*.

1950 Sposa Gabriele Baldini, professore incaricato di Letteratura inglese a Trieste; Natalia continua a vivere a Torino.

1952 Si trasferisce a Roma col marito, chiamato dalla locale Facoltà di Magistero. Pubblica il romanzo *Tutti i nostri ieri*.

1960 Si trasferisce a Londra, dove Baldini è chiamato a dirigere l'Istituto italiano di cultura.

1961 Pubblica il romanzo breve *Le voci della sera*.

1962 Pubblica la raccolta di saggi *Le piccole virtú*. Ritorna col marito a Roma. Prende alloggio in piazza in Campo Marzio.

1963 Pubblica il romanzo autobiografico *Lessico famigliare*.

1965 Scrive la commedia *Ti ho sposato per allegria*, che viene rappresentata con successo. Seguono nel 1968 *L'inserzione* e *La segretaria*.

1969 Muore a Roma, all'Ospedale S. Giacomo, Gabriele Baldini.

1970 Pubblica la raccolta di saggi *Mai devi domandarmi*.

1973 Pubblica la raccolta di commedie *Paese di mare* e il romanzo, metà narrativo e metà epistolare, *Caro Michele*.

1974 Pubblica la raccolta di saggi e di articoli *Vita immaginaria*.

1977 Pubblica, col titolo *Famiglia*, due racconti lunghi, *Famiglia* e *Borghesia*.

1983 Pubblica la ricerca storico-epistolare *La famiglia Manzoni*. È eletta deputata alla Camera nel gruppo degli Indipendenti di sinistra.

1984 Pubblica il romanzo epistolare *La città e la casa*.
1987 È rieletta alla Camera.
1989 Pubblica la commedia in tre atti *L'intervista*.
1990 Pubblica il saggio *Serena Cruz o la vera giustizia*.
1991 Muore nella sua casa di Roma durante la notte tra il 7 e l'8 ottobre.

La strada che va in città

«Le fatiche degli stolti saranno il loro tormento, poiché essi non sanno la strada che va in città».

Il Nini abitava con noi fin da quando era piccolo. Era figlio d'un cugino di mio padre. Non aveva piú i genitori ed avrebbe dovuto vivere col nonno, ma il nonno lo picchiava con una scopa e lui scappava e veniva da noi. Finché il nonno morí e allora gli dissero che poteva stare sempre a casa.

Senza il Nini eravamo cinque fratelli. Prima di me c'era mia sorella Azalea, che era sposata e abitava in città. Dopo di me veniva mio fratello Giovanni, poi c'erano Gabriele e Vittorio. Si dice che una casa dove ci sono molti figli è allegra, ma io non trovavo niente di allegro nella nostra casa. Speravo di sposarmi presto e di andarmene come aveva fatto Azalea. Azalea s'era sposata a diciassette anni. Io avevo sedici anni ma ancora non m'avevano chiesta. Anche Giovanni e anche il Nini volevano andarsene. Solo i piccoli erano ancora contenti.

La nostra casa era una casa rossa, con un pergolato davanti. Tenevamo i nostri vestiti sulla ringhiera delle scale, perché eravamo in molti e non c'erano armadi abbastanza. «Sciò sciò, – diceva mia madre, scacciando le galline dalla cucina, – sciò sciò...» Il grammofono era tutto il giorno in moto e siccome non avevamo che un disco, la canzone era sempre la stessa e diceva:

> Mani di vellutòo
> Mani profumatée
> Un'ebbrezza datée
> Che dire non sòo.

Questa canzone dove le parole avevano una cadenza cosí strana piaceva molto a ciascuno di noi, e non facevamo che ripeterla nell'alzarci e nel metterci a letto. Giovanni e il Nini dormivano nella camera accanto alla mia e la mattina mi svegliavano battendo tre colpi nel muro, io mi vestivo in fretta e scappavamo in città. C'era piú di un'ora di strada. Arrivati in città ci si lasciava come tre che non si conoscessero. Io cercavo un'amica e passeggiavo con lei sotto i portici. Qualche volta incontravo Azalea, col naso rosso sotto la veletta, che non mi salutava perché non avevo il cappello.

Mangiavo pane e aranci in riva al fiume, con la mia amica, o andavo da Azalea. La trovavo quasi sempre a letto che leggeva romanzi, o fumava, o telefonava al suo amante, leticando perché era gelosa, senza badare affatto che ci fossero i bambini a sentire. Poi rientrava il marito e anche con lui leticava. Il marito era già piuttosto vecchio, con la barba e gli occhiali. Le dava poca retta e leggeva il giornale, sospirando e grattandosi la testa. – Che Dio mi aiuti, – mormorava ogni tanto fra sé. Ottavia, la serva di quattordici anni, con una grossa treccia nera arruffata, col bimbo piccolo in collo, diceva sulla porta: – La signora è servita –. Azalea s'infilava le calze, sbadigliava, si guardava a lungo le gambe, e andavamo a metterci a tavola. Quando suonava il telefono Azalea arrossiva, sgualciva il tovagliolo, e la voce di Ottavia diceva nell'altra stanza: – La signora è occupata, chiamerà piú tardi –. Dopo il pranzo il marito usciva di nuovo, e Azalea si rimetteva a letto e subito s'addormentava. Il suo viso diventava allora affettuoso e tranquillo. Il telefono intanto suonava, le porte sbattevano, i bambini gridavano, ma Azalea continuava a dormire, respirando profondamente. Ottavia sparecchiava la tavola e mi chiedeva tutta spaventata che cosa poteva succedere se «il signore» avesse saputo. Ma poi mi diceva sottovoce, con un sorriso amaro, che del resto «il signore» anche lui aveva qualcuno. Uscivo. Aspettavo la sera su una panchina del giardino pubblico. L'orchestra del caffè suonava e io guardavo con la mia amica i vestiti delle donne che passavano, e vedevo passare anche il Nini e Giovanni, ma non ci dicevamo niente. Li ritrovavo fuori di città, sulla strada polverosa, mentre le case s'illuminavano dietro di noi e l'orchestra del caffè suonava piú allegramente e piú forte. Camminavamo in mezzo alla campagna, lungo il fiume e gli alberi. Si arrivava a casa. Odiavo la nostra casa. Odiavo la minestra verde e amara che mia madre ci metteva davanti ogni sera e odiavo mia madre. Avrei avuto vergogna di lei se l'avessi incontrata in città. Ma non veniva piú in città da molti anni, e pareva una contadina. Aveva i capelli grigi spettinati e le mancavano dei denti davanti. – Sembri una strega, mammà, – le diceva Azalea quando veniva a casa. – Perché non ti fai fare una dentiera? – Poi si stendeva sul divano rosso nella stanza da pranzo, buttava via le scarpe e diceva: – Caffè –. Beveva in fretta il caffè che le portava mia madre, sonnecchiava un poco e se ne andava. Mia madre diceva che i figli sono come il veleno e che mai si dovrebbero mettere al mondo. Passava le giornate a maledire a uno a uno tutti i suoi figli. Quando mia madre era giovane, un cancelliere s'era innamorato di lei e l'aveva portata a Milano. Mia madre stette via qualche giorno, ma poi ritornò. Ripeteva sempre questa storia, ma diceva che era partita sola perché si sentiva stanca dei figli, e il cancelliere se l'erano inventato in paese. – Non fossi mai ritornata, – diceva mia madre, asciugandosi le lagrime con le dita su tutta la faccia. Mia madre non faceva che parlare, ma io non le rispondevo. Nessuno le rispondeva. Solo il Nini le rispondeva ogni tanto. Lui era diverso da noi, benché fossimo cresciuti insieme. Benché fossimo cugini non ci assomigliava di viso. Il suo viso era pallido, che neanche al sole diventava bruno, con un ciuffo che gli cascava sugli occhi. Portava sempre in tasca dei giornali e dei libri e leggeva continuamente, leggeva anche mangiando e Giovanni gli rovesciava il libro per fargli dispetto. Lo raccoglieva e leggeva tranquillo, passandosi le dita nel ciuffo. Il grammofono intanto ripeteva:

> Mani di vellutòo
> Mani profumatée

I piccoli giocavano e si picchiavano e mia madre veniva a schiaffeggiarli, e poi se la prendeva con me che stavo seduta sul divano invece di venire ad aiutarla coi piatti. Mio padre allora le diceva che bisognava tirarmi su meglio. Mia madre si metteva a singhiozzare e diceva che lei era il cane di tutti; e mio padre prendeva il suo cappello dall'attaccapanni e usciva.

Mio padre faceva l'elettricista e il fotografo, e aveva voluto che anche Giovanni imparasse da elettricista. Ma Giovanni non andava mai quando lo chiamavano. Di soldi non ce n'erano abbastanza e mio padre era sempre stanco e rabbioso. Veniva in casa un momento e se ne andava subito, perché era un manicomio la casa, diceva. Ma diceva che non era colpa nostra se eravamo venuti su tanto male. Che la colpa era sua e di mia madre. A vederlo mio padre pareva ancora giovane e mia madre era gelosa. Si lavava bene prima di vestirsi, e si metteva della brillantina sui capelli. Non avevo vergogna di lui se lo incontravo in città. Anche il Nini a lavarsi ci prendeva gusto, e rubava la brillantina a mio padre. Ma non serviva e il ciuffo gli ballava sugli occhi lo stesso.

Una volta Giovanni mi disse:

– Beve grappa il Nini.

Lo guardai stupita.

– Grappa? ma sempre?

– Quando può, – disse, – tutte le volte che può. Ne ha portata anche a casa una bottiglia. Se la tiene nascosta. Ma l'ho trovata e me l'ha fatta assaggiare. Buona, – mi disse.

– Il Nini beve grappa, – ripetevo tra me con stupore. Andai da Azalea. La trovai sola in casa. Era seduta al tavolo in cucina e mangiava un'insalata di pomodori, condita con aceto.

– Il Nini beve grappa, – le dissi.

Alzò le spalle con indifferenza.

– Bisogna pure fare qualche cosa, per non annoiarsi, – disse.

– Sí, ci si annoia. Perché ci si annoia cosí? – domandai.

– Perché la vita è stupida, – mi disse, spingendo via il piatto. – Che cosa vuoi fare? Uno si stanca subito di tutto.

– Ma perché ci si annoia sempre tanto? – dissi al Nini la sera, mentre tornavamo a casa.

– Chi si annoia? Io non mi annoio per niente, – disse e si mise a ridere prendendomi il braccio. – Dunque ti annoi? e perché? tutto è cosí bello.

– Cosa è bello? – gli chiesi.

– Tutto, – mi disse, – tutto. Tutto quello che guardo mi piace. Poco fa mi piaceva passeggiare in città, ora cammino in campagna e anche questo mi piace.

Giovanni era avanti a noi qualche passo. Si fermò e disse:

– Lui ora va a lavorare in fabbrica.

– Imparo a fare il tornitore, – disse il Nini, – cosí avrò dei soldi. Senza soldi non ci posso stare. Ci soffro. Mi basta avere cinque lire in tasca per sentirmi piú allegro. Ma i soldi, quando uno li vuole, deve rubare o deve guadagnarseli. A casa non ce l'hanno mai spiegato bene. Si lamentano sempre di noi, ma cosí tanto per passare il tempo. Nessuno ci ha mai detto: va' e taci. Questo bisognava fare.

– Se mi avessero detto: va' e taci, li avrei sbattuti a calci fuori della porta, – disse Giovanni.

Sulla strada incontrammo il figlio del dottore che tornava dalla caccia col suo cane. Aveva preso sette o otto quaglie, e me ne volle regalare due. Era un giovanotto tarchiato, con dei gran baffi neri, che studiava medicina all'università. Lui e il Nini si misero a discutere, e Giovanni dopo mi disse:

– Il Nini il figlio del dottore se lo mette in tasca. Il Nini non è uno come tanti, non importa se non ha studiato.

Ma io ero tutta contenta perché Giulio m'aveva regalato le quaglie, e m'aveva guardato e aveva detto che un giorno si doveva andare insieme in città.

Adesso era venuta l'estate e cominciai a pensare a tutti i miei vestiti per rifarli. Dissi a mia madre che mi occorreva della stoffa celeste, e mia madre mi chiese se credevo che avesse i portafogli dei milioni, ma io allora le dissi che mi occorreva anche un paio di scarpe col sughero e non potevo far senza, e le dissi:
– Maledetta la madre che t'ha fatto –. Mi presi uno schiaffo e piansi una giornata intera chiusa in camera. Il denaro lo chiesi a Azalea, che in cambio mi mandò al numero venti in via Genova a domandare se Alberto era in casa. Saputo che non era in casa, ritornai a portarle la risposta ed ebbi il denaro. Per qualche giorno io rimasi in camera a cucire il vestito, e quasi non mi ricordavo piú com'era la città. Terminato il vestito lo indossai e uscii a passeggio, e il figlio del dottore mi si mise subito accanto, comperò delle paste e le andammo a mangiare in pineta. Mi domandò che cosa avevo fatto chiusa in casa per tutto quel tempo. Ma gli dissi che non mi piaceva che la gente badasse ai miei affari. Allora mi pregò di non essere tanto cattiva. Poi fece per baciarmi e io scappai.

Stavo sdraiata tutta la mattina sul balcone di casa, perché il sole mi abbronzasse le gambe. Avevo le scarpe col sughero e avevo il vestito, e avevo anche una borsa di paglia intrecciata che m'aveva dato Azalea, purché le portassi una lettera in via Genova al numero venti. E il mio viso, le gambe e le braccia avevano preso un bel colore bruno. Vennero a dire a mia madre che Giulio, il figlio del dottore, era innamorato di me e la madre gli faceva delle lunghe scene per questo. Mia madre divenne di colpo tutta allegra e gentile, e ogni mattina mi portava un rosso d'uovo sbattuto perché diceva che le parevo un po' strana. La moglie del dottore stava alla finestra con la serva, e quando mi vedeva passare sbatteva i vetri come avesse visto un serpente. Giulio faceva un mezzo sorriso e continuava a camminarmi accanto e a parlare. Non ascoltavo quello che diceva, ma pensavo che quel giovanotto grosso, coi baffi neri, con degli alti stivali, che chiamava con un fischio il suo cane, sarebbe stato presto il mio fidanzato e molte ragazze in paese ne avrebbero pianto di rabbia.

Venne Giovanni a dirmi: – Ti vuole Azalea –. Era già molto tempo che non andavo in città. Ci andai col mio vestito celeste e le scarpe, con la borsa e con gli occhiali da sole. In casa di Azalea c'era tutto in disordine, nessuno aveva ancora fatto i letti e Ottavia, coi bambini attaccati alla sottana, singhiozzava appoggiata alla parete.

– L'ha lasciata, – mi disse, – si sposa.

Azalea sedeva sul letto in sottabito, con gli occhi spalancati e scintillanti. Aveva un fascio di lettere in grembo.

– Si sposa in settembre, – mi disse.

– Ora bisogna nascondere tutto, prima che venga il signore, – disse Ottavia radunando le lettere.

– No, bruciarle bisogna, – disse Azalea, – bruciatele. Che io non le veda mai piú. Che io non veda mai piú questa faccia. Questa faccia stupida, cattiva, – disse strappando il ritratto di un ufficiale che sorrideva. E si mise a piangere e a urlare, battendo il capo contro la spalliera del letto.

– Ora le pigliano le convulsioni, – mi disse Ottavia, – succedeva qualche volta a mia madre. Bisogna bagnarle il ventre con dell'acqua fredda.

Azalea non permise che le bagnassimo il ventre, e

disse che voleva restar sola e che andassimo a chiamare suo marito perché doveva confessargli tutto. Fu difficile persuadere Azalea a non chiamare nessuno. Le lettere le bruciammo sul fornello in cucina mentre Ottavia me ne leggeva dei pezzi prima di gettarle nel fuoco, e i bambini facevano volare la carta bruciata per tutta la stanza. Quando tornò il marito di Azalea io gli dissi che Azalea stava male ed aveva la febbre, e lui allora andò a cercare un medico.

Quando tornai a casa era notte e mio padre mi chiese dov'ero stata. Risposi che m'aveva chiamato Azalea, e Giovanni gli disse che era vero. Mio padre disse che poteva anche esser vero ma lui non sapeva, che gli avevano riferito che giravo col figlio del dottore e se era vero mi rompeva la faccia di schiaffi. Risposi che non m'importava niente e facevo il mio comodo, ma poi mi venne la rabbia e rovesciai la minestra per terra. Mi chiusi in camera e stetti due o tre ore a piangere, finché Giovanni mi gridò attraverso il muro che stessi zitta e li lasciassi dormire, che loro avevano sonno. Ma continuavo a piangere e il Nini venne sulla porta a dire che se gli aprivo mi dava i cioccolatini. Allora aprii e il Nini mi portò davanti allo specchio, perché guardassi il viso gonfio che avevo, e mi diede davvero dei cioccolatini e disse che glieli aveva regalati la sua fidanzata. Domandai com'era questa sua fidanzata e perché non me la faceva vedere, e lui mi disse che aveva le ali e la coda e un garofano nei capelli. Gli dissi che avevo anch'io un fidanzato ed era il figlio del dottore, e rispose: – Benissimo, – ma poi fece una faccia strana e si alzò per andarsene. Allora io gli chiesi dove aveva nascosta la grappa. Si fece rosso e rise, e disse che non erano cose che riguardavano una signorina.

La sera dopo il Nini non tornò a casa. Non tornò nemmeno nei giorni seguenti e non si vide piú la faccia del Nini, tanto che se ne accorse perfino mio padre, che pure era sempre distratto, e domandò dove s'era cacciato. Giovanni rispose che stava bene ma per adesso non veniva a casa. Mio padre disse:

– Finché gli piace di venire vengono, poi trovano di meglio e buongiorno. Son tutti uguali, figli e non figli.

Ma Giovanni poi mi raccontò che il Nini adesso era con la sua bella, che era una vedova ma giovane e si chiamava Antonietta.

Allora andai in città apposta per cercare del Nini e sapere se era proprio vero. Lo trovai al caffè con Giovanni e prendevano il gelato. Mi sedetti anch'io e portarono il gelato anche a me, e restammo là per un pezzo a sentire la musica, e il Nini come un signore pagò lui per tutti. Gli domandai se era vero di quella vedova. Disse sí, che era vero, e perché non venivo una volta a trovarlo nel suo piccolo appartamento, dove stava con Antonietta e coi due figli che lei aveva, un maschio e una bambina. E disse ancora che Antonietta aveva un negozio di cartoleria e penne stilografiche e stava abbastanza bene.

– Cosí ti metti a fare il mantenuto, – gli dissi.

– Mantenuto? perché? io guadagno –. E mi disse che aveva una paga discreta come operaio alla fabbrica e che contava di mandare presto un po' di soldi anche a casa.

Raccontai a Giulio del Nini mentre stavamo a fumare in pineta, e gli dissi che un giorno lo andavo a trovare.

– Non devi andarci, – mi disse.

– Perché?

– Certe cose tu non le capisci, sei ancora troppo bambina.

Gli risposi che non ero affatto una bambina, che avevo diciassette anni e a diciassette anni mia sorella Azalea s'era sposata. Ma ripeté che non potevo capire e che una ragazza non deve andare in casa di chi vive insieme senza sposarsi. Rientrai di malumore quella sera e mentre mi spogliavo per mettermi a letto, pensavo che Giulio mi portava in pineta e si divertiva a baciarmi, e intanto il tempo passava senza che m'avesse chiesta ancora. E io ero impaziente di sposarmi. Ma pensavo che dopo sposata volevo esser libera e godermela un mondo, e invece forse con Giulio non sarei stata libera per niente. Forse avrebbe fatto con me come il padre, che sua moglie l'aveva chiusa in casa perché diceva che il posto di una donna è fra le mura domestiche, e lei era diventata una vecchia tignosa che stava tutto il giorno alla finestra a veder passare la gente.

Non sapevo perché ma mi sembrava cosí brutto non vedere piú il Nini per la casa, col suo ciuffo sugli occhi e il suo vecchio impermeabile scucito e i suoi libri, e non sentirlo piú predicare perché aiutassi mia madre. Una volta andai a trovarlo per far dispetto a Giulio. Era domenica, e mi preparono il tè con le paste su una bella tovaglia ricamata, e Antonietta, che era la vedova, mi fece festa e mi baciò sulle guance. Era una donnina ben vestita, dipinta, con dei capelli biondi leggeri, con le spalle magre e la vita grassa. C'erano anche i figli che facevano il compito. Il Nini stava seduto vicino alla radio, e non aveva sempre il libro in mano come a casa. Mi fecero vedere tutto l'appartamento. C'era il bagno, la camera matrimoniale e dei vasetti con le piante grasse dappertutto. Era molto piú pulito e piú lucido che da Azalea. Parlammo di una cosa e dell'altra, e m'invitarono a tornare spesso.

Il Nini m'accompagnò per un pezzo di strada. Gli domandai perché non ritornava piú a casa, e gli dissi che a casa senza di lui mi annoiavo ancora di piú. E mi venne da piangere. Si sedette con me su una panchina e mi tenne un po' stretta, e intanto mi accarezzava le mani e diceva che smettessi di piangere, perché se no mi si scioglieva il nero degli occhi. Gli dissi che il nero agli occhi io non me lo davo e non ero come Antonietta, che pareva un pagliaccio cosí tutta truccata, e lui faceva meglio a tornarsene a casa. Disse che invece io dovevo cercarmi un lavoro e venire a stare in città, perché saremmo andati al cinema la sera, ma bisognava proprio che facessi qualcosa per guadagnare ed essere indipendente. Gli dissi che non ci pensavo nemmeno e se lo levasse dalla testa, e poi presto avrei sposato Giulio e saremmo venuti ad abitare in città, perché anche a Giulio gli piaceva poco il paese. Cosí ci lasciammo.

Raccontai a Giulio che ero stata dal Nini, ma non si arrabbiò. Disse soltanto che gli rincresceva che facessi le cose che a lui dispiacevano. Raccontai di Antonietta e dell'appartamento, e mi chiese se sarei stata contenta d'avere un appartamento cosí. E poi disse che quando avesse dato l'esame di stato, ci saremmo sposati, ma prima non era possibile e intanto io non dovevo fare la cattiva.

– Non faccio la cattiva, – gli risposi.

Mi disse di andare domani a Fonte Le Macchie con lui. Per arrivare a Fonte Le Macchie si doveva camminare un pezzo in salita, e a me non piaceva camminare in salita e poi avevo paura delle vipere.

– Non ce ne sono vipere da quella parte, – mi disse, – e mangeremo le more e ci riposeremo ogni volta che vuoi.

Per un po' finsi di non capire e gli dissi che sarebbe venuto anche Giovanni, ma disse che Giovanni non ce lo voleva e dovevamo essere noi due soli.

A Fonte Le Macchie non ci arrivammo perché io mi fermai a mezza strada, mi sedetti su un sasso e gli dissi che non sarei andata piú avanti. Per spaventarmi cominciò a gridare che vedeva una vipera, sí sí l'aveva vista, era gialla e muoveva la coda in qua e in là. Io gli dissi di lasciarmi in pace perché ero stanca morta e avevo fame. Tirò fuori le provviste dal sacco. Aveva anche del vino dentro le borracce e me lo fece bere, finché mi buttai giú nell'erba stordita e capitò quello che m'aspettavo.

Quando scendemmo per tornare era tardi, ma io mi sentivo cosí stanca che dovevo fermarmi quasi a ogni passo, tanto che in fondo alla pineta mi disse che doveva correre avanti, perché se no faceva troppo tardi e sua madre si spaventava. Cosí mi lasciò sola e io camminavo inciampando in tutte le pietre, e si faceva buio e mi dolevano le ginocchia.

Il giorno dopo venne a casa Azalea. L'accompagnai per un po' e le dissi com'era stato. Sul principio non mi credeva e pensava che facessi cosí per vantarmi, ma all'improvviso si fermò e disse:
— È vero?
— È vero, è vero, Azalea, — io le dissi, e allora si fece ripetere tutto da capo. Era cosí spaventata e arrabbiata che si strappò la fibbia della cintura. Voleva avvertire suo marito che lo dicesse a mio padre. Le dissi di guardarsene bene e che del resto anch'io ne sapevo di belle sul suo conto. Ci bisticciammo e l'indomani andai apposta in città per far pace, ma intanto s'era calmata e la trovai che misurava un abito nuovo da ballo perché aveva ricevuto un invito. Mi disse che facessi pure il diavolo che volevo purché nessuno poi venisse a seccarla, e che del resto il figlio del dottore a lei non le piaceva per niente e le sembrava molto grossolano. Mentre uscivo vidi Giovanni col Nini e Antonietta e tutti insieme andammo a fare il bagno nel fiume, solo Antonietta non sapeva nuotare e rimase seduta nella barca. Io mi attaccavo alla barca

e fingevo di rovesciarla per metterle paura, ma poi mi venne freddo e risalii e mi misi a remare. Antonietta cominciò a raccontarmi del marito e della malattia che aveva, dei debiti che aveva lasciato e gli avvocati e le cause. Io mi annoiavo e mi pareva buffa, seduta nella barca come in visita con le ginocchia strette e la borsa e il cappello.

Quella sera entrò in camera Giovanni a dirmi che s'era innamorato di Antonietta, e non sapeva se doveva dirlo al Nini e non sapeva come fare a farsela passare, e camminava avanti e indietro con le mani in tasca. Ma io lo maltrattai e gli dissi che ero stufa di tutte quelle storie d'amore, e Azalea e il Nini e anche lui e mi lasciassero in pace. – Maledetta la madre che t'ha fatto, – mi disse e se ne andò sbattendosi dietro la porta.

Giulio mi disse che a fare il bagno nel fiume ci dovevo andare con lui, e anche in città ci dovevo andare con lui e divertirci tutti e due insieme. E andai e nuotavamo nel fiume e prendevamo il gelato, e poi mi portava in una stanza di un certo albergo che lui conosceva. Quell'albergo aveva nome Le Lune: era in fondo a una strada vecchia, e con le sue persiane chiuse e il suo giardinetto deserto, sul principio faceva l'effetto d'una villa disabitata. Ma nelle stanze c'era il lavamani e lo specchio e dei tappeti per terra. Io lo raccontavo a Azalea che eravamo stati all'albergo, e lei diceva che una volta o l'altra me ne succedeva una bella. Ma adesso la vedevo poco Azalea perché s'era trovata un altro amante, che era uno studente senza un soldo e lei si dava un gran da fare a comperargli i guanti e le scarpe e a portargli delle cose da mangiare.

Una sera mio padre mi entrò in camera e buttò l'impermeabile sul letto, e mi disse:

– L'avevo detto che ti rompevo la faccia.

Mi prese i capelli e si mise a coprirmi di schiaffi, mentre io gridavo: – Aiuto, aiuto! – Finché venne mia madre affannata, con le patate nel grembiale, e chiese:

– Ma cosa è successo, cosa le fai, Attilio?

Mio padre le disse:

– Questo ci toccava vedere, sciagurati che siamo, – e si mise a sedere tutto pallido, passandosi le mani sulla testa. Io avevo un labbro che sanguinava e dei segni rossi sul collo, avevo le vertigini e quasi non mi reggevo, e mia madre voleva aiutarmi ad asciugare il sangue, ma mio padre la prese per un braccio e la spinse di fuori. Uscí anche lui e mi lasciarono sola. L'impermeabile di mio padre era rimasto sul letto, e io lo presi e lo gettai nelle scale. Mentre erano tutti a tavola uscii. La notte era chiara e stellata. Tremavo dall'agitazione e dal freddo e il labbro mi seguitava a sanguinare, avevo del sangue sull'abito e perfino sulle calze. Presi la strada verso la città. Non sapevo neppur io dove andavo. Sul principio mi dissi che potevo andare da Azalea, ma ci sarebbe stato il marito che subito avrebbe cominciato a farmi delle domande e a predicare. Cosí andai invece dal Nini. Li trovai seduti intorno alla tavola in sala da pranzo, che facevano il gioco dell'oca. Mi guardarono stupefatti e i bambini si misero a urlare. Allora mi gettai sul divano e cominciai a piangere. Antonietta portò un disinfettante per medicarmi il labbro, poi mi fecero bere una tazza di camomilla e mi prepararono il letto su una branda nell'anticamera. Il Nini mi disse:

– Spiegaci un po' cosa ti è capitato, Delia.

Gli dissi che mio padre mi s'era buttato addosso e voleva ammazzarmi, perché andavo con Giulio, e che dovevano cercarmi un lavoro e farmi venire in città, perché a casa non ci potevo piú stare.

Il Nini disse:

– Ora spògliati e mettiti a letto, e poi verrò da te e penseremo come si può fare.

Se ne andarono tutti e io mi spogliai e m'infilai a letto, con una camicia di Antonietta color lilla chiaro. Dopo un po' venne il Nini e sedette vicino al mio letto, e mi disse:

– Se vuoi ti cercherò un posto alla fabbrica dove lavoro io. Sul principio ti sembrerà difficile perché sei venuta su grande e grossa senza mai far niente. Ma ti abituerai a poco a poco. Se non troverò niente alla fabbrica entrerai a servizio.

Gli dissi che non mi andava di entrare a servizio e preferivo lavorare in fabbrica, e gli chiesi perché non potevo ad esempio fare la fioraia, sedermi sui gradini della chiesa con dei cesti di fiori. Disse:

– Sta' zitta e non dire sciocchezze. Del resto non puoi vendere niente perché non sai fare i calcoli.

Allora gli dissi che Giulio m'avrebbe sposata dopo l'esame di stato.

– Lévatelo di testa, – rispose.

E m'informò che Giulio aveva una fidanzata in città, e in città lo sapevano tutti: era una magra che guidava la macchina. Io ricominciai a piangere e il Nini mi disse di mettermi giú e di dormire, e mi portò ancora un altro guanciale perché stessi comoda.

L'indomani mattina mi vestii e uscii con lui nella città fresca e deserta. Venne con me fino al confine della città. Ci sedemmo sulla riva del fiume ad aspettare che venisse per lui l'ora di andare in fabbrica. Mi disse che ogni tanto aveva voglia di andare a Milano a cercarsi lavoro in qualche fabbrica grande.

– Ma prima devi liquidare Antonietta.

– Si capisce, non vuoi che me la porti dietro col negozio e con i due marmocchi.

– Non le vuoi bene allora, – dissi.

– Le voglio bene cosí. Stiamo insieme finché ci fa piacere, poi ci lasciamo in santa pace e buongiorno.

– Allora dàlla a Giovanni che le muore dietro, – gli dissi, e lui si mise a ridere:

– Ah, Giovanni? Del resto non è tanto male Antonietta, fa un po' di smorfie ma non è cattiva. Ma io non sono innamorato.

– Di chi sei innamorato? – gli chiesi, e mi venne in mente a un tratto che forse era innamorato di me. Mi guardò ridendo e disse:

– Ma proprio si deve amare qualcuno? Si può non amare nessuno e interessarsi di qualcosa d'altro.

Battevo i denti e gelavo dal freddo col mio vestito leggero.

– Hai freddo, gioia, – mi disse. Si tolse la giacca e me l'aggiustò sulle spalle.

Io gli dissi:

– Ma come sei tenero.

– Perché non devo essere tenero con te, – disse, – sei cosí disgraziata che mi fai pietà. Credi che non lo sappia che ti sei messa in un pasticcio con quel Giulio. Lo indovino perché ti conosco e poi me l'ha raccontato Azalea.

– Non è vero, – gli dissi, ma rispose che facevo meglio a star zitta perché lui mi conosceva e poi non era tanto stupido.

Suonarono le sirene e il Nini disse che doveva andare al lavoro. Voleva che tenessi la sua giacca, ma rifiutai perché avevo paura d'incontrare qualcuno e mi sentivo buffa con addosso quella giacca da uomo. Ci salutammo e gli dissi:

– Oh ma Nini perché non vieni piú a stare a casa.

Promise allora di venirmi a trovare l'indomani che era domenica. E poi si chinò svelto e mi baciò su una guancia. Rimasi ferma a guardarlo mentre se ne andava, con le due mani in tasca e il suo passo tranquillo. Ero tutta stupita che m'avesse baciata. Non l'aveva mai fatto. M'incamminai piano piano e intanto pensavo a tante cose, un po' al Nini che m'aveva baciata e un po' a Giulio che era fidanzato in città e me l'aveva nascosto, e pensavo: «Com'è strana la gente. Non si capisce mai cosa vogliono fare». E poi pensavo che a casa avrei rivisto mio padre e che forse m'avrebbe di nuovo picchiata, e mi sentivo triste.

Ma mio padre non mi disse una parola e fece come se io non ci fossi, e anche gli altri fecero cosí. Solo mia madre mi portò il caffelatte e mi domandò dov'ero stata. Giulio non lo vidi in paese e non sapevo dov'era, se a caccia o in città.

L'indomani arrivò il Nini tutto eccitato e contento, e mi disse che m'aveva trovato un posto, non in fabbrica perché lí subito gli avevano detto di no, ma c'era invece una vecchia signora un po' matta che aveva bisogno di qualcuno che uscisse il pomeriggio con lei. Dovevo trovarmi in città tutti i giorni subito dopo pranzo e sarei tornata a casa la sera. Sul principio la paga era scarsa e non mi permetteva di vivere da sola in città, ma poi certo l'avrebbero aumentata, prometteva il Nini. Quella signora era una conoscente di Antonietta ed era stata lei che m'aveva raccomandato. Quel giorno a casa non c'era nessuno e io e il Nini rimanemmo sempre soli. Ci sdraiammo a parlare nella pergola e si poté discorrere in pace come fossimo stati in riva al fiume.

— Ma era piú bello sul fiume, — mi disse, — vieni ancora sul fiume una mattina e faremo anche il bagno. Tu non sai com'è bello fare il bagno alla mattina presto. Non fa freddo e ci si sente rivivere.

Ma io ricominciai a chiedergli di chi era innamorato.

— Lasciami in pace, — disse, — lasciami stare e non mi tormentare oggi che sono cosí contento.

— Dimmelo Nini, — gli dissi, — dimmelo e non lo dico a nessuno.

— Cosa t'importa, — disse. E invece cominciò a raccomandarmi che mi lavassi bene e mettessi un abito scuro quando fossi andata dalla vecchia. Gli risposi che non l'avevo un abito scuro e che se ci volevano tante storie mi passava la voglia di andare. Allora si arrabbiò e mi lasciò senza neppur salutarmi.

Dalla vecchia ci andai col mio solito vestito celeste. Mi aspettava già pronta per uscire col cappello e col muso incipriato. Dovevo passeggiare con lei e intrattenerla piacevolmente – cosí mi disse sua figlia –, poi ricondurla a casa e leggerle ad alta voce il giornale fino a quando le pigliasse sonno. Camminavo a piccoli passi con la sua mano infilata al mio braccio. La vecchia si lamentava continuamente. Diceva che ero troppo alta e che si stancava a darmi il braccio. Diceva che correvo troppo. Aveva una paura tremenda di attraversare le strade, si metteva a gemere e a tremare e tutti si voltavano. Una volta incontrammo Azalea. Non lo sapeva ancora che io lavoravo e mi guardò stupefatta.

Arrivata a casa la vecchia si beveva una tazza di latte come beve la gente d'età. Io intanto le leggevo il giornale. Dopo un po' cominciava a sonnecchiare e io trottavo via. Ma ero di cattivo umore e non godevo della città e dei negozi. Una sera mi venne in mente di andare a prendere il Nini alla fabbrica. Mi scoprí da lontano e gli si animò tutto il viso. Ma quando me lo vidi accanto, con un vecchio cappello troppo chiaro, con le scarpe rotte e troppo larghe che trascinava nel camminare, con l'aria sporca e stanca, mi pentii d'esser venuta a prenderlo e sentii vergogna di lui. Se ne accorse e si offese, e si arrabbiò con me perché dicevo che mi annoiavo a morte con la vecchia.

Ma quando fummo in riva al fiume si rasserenò a poco a poco, e prese a raccontarmi che nel cassetto di Antonietta aveva trovato la fotografia di Giovanni con la dedica dietro.

— Meglio cosí, — mi disse.

— Meglio cosí? perché meglio cosí?

— Cosa diavolo vuoi che me ne importi?

— Sei freddo come un pesce. Fai schifo.

— Sono un pesce, va bene. E tu che cosa sei? — Stette un po' a guardarmi e poi disse: — Tu sei una povera ragazza.

— Perché?

— È vero che ti sei fatta portare alle Lune?

— Chi te l'ha detto? — chiesi.

— Me l'ha detto il mio ditino, — rispose, — ci sei stata diverse volte?

— Non ti riguarda, — dissi.

— Povera ragazza! povera ragazza! — ripeteva come tra sé.

Mi arrabbiai e gli chiusi la bocca con la mano. Allora mi abbracciò buttandomi distesa, e baciava baciava il mio viso, le orecchie, i capelli.

— Sei matto, Nini? ma cosa mi fai? — dicevo, e un po' mi veniva da ridere, un po' avevo paura.

Si raddrizzò lisciandosi i capelli, e mi disse:

— Vedi quello che sei. Ciascuno si può divertire finché gli piace, con te.

— E adesso hai voluto sapere se ero come tu dicevi?

— No. Non pensarci, ho scherzato, — mi disse.

Giulio mi aspettava sulla strada quella sera.

– Dove sei stato tutto questo tempo? – gli chiesi.

– A letto con la febbre, – rispose, e voleva prendermi il braccio. Ma gli dissi di andarsene e lasciarmi tranquilla, perché ormai lo sapevo che aveva una fidanzata.

– Quale fidanzata? chi?

– Una che ha l'automobile.

Si mise a ridere forte, battendosi la mano sul ginocchio.

– Ne inventano di frottole, – disse, – e tu te le bevi. Non far la stupida e vieni in pineta domani nel dopopranzo.

Ma gli dissi che il dopopranzo non ero piú libera e gli raccontai della vecchia.

– Vieni al mattino allora, – mi disse.

Voltavo via la faccia e non volevo lasciarmi guardare, perché avevo paura che s'indovinasse a guardarmi che il Nini m'aveva baciata.

L'indomani mattina in pineta non fece che chiedermi chi me l'aveva detto della fidanzata.

– Ho molti nemici, – mi disse, – c'è tanta invidia al mondo.

Mi tormentò per un pezzo, finché gli dissi che era stato il Nini.

– Il Nini se lo vedo gliene dico quattro, – mi disse. Poi cominciò a canzonarmi perché portavo a spasso la vecchia, e mi fece dispetto.

Andai di nuovo a prendere il Nini alla fabbrica. Ma lui ce l'aveva con me perché in casa della vecchia s'erano lamentati con Antonietta che io arrivavo sempre in ritardo.

– Non si può mai contare su di te, – mi disse, – va'

avanti cosí che farai molta strada. Meno male che non t'hanno preso in fabbrica.

Gli dissi che ero stufa della vecchia e non volevo piú andarci.

– Vacci almeno fino alla fine del mese, che ti paghino lo stipendio. E i soldi dàlli a tua madre perché i piccoli avranno bisogno di scarpe.

– Li terrò io invece, – dissi.

– Brava, cosí va bene. Pensa sempre soltanto per te. Comprati qualche straccio da portare addosso, e divertiti. A me poi non me ne importa niente.

Non volle andare al fiume, e camminava verso casa sua. Trovammo Antonietta che stava chiudendo il negozio. Era tutta arrabbiata e mi disse che se sapeva com'ero non m'avrebbe raccomandato. Che figura le avevo fatto fare. Dalla vecchia arrivavo in ritardo e andavo via molto prima del tempo, e quando leggevo il giornale non facevo che ridere e sbagliavo apposta le parole. Mi salutò appena e se ne andò col Nini. Mentre tornavo a casa mi sentivo stanca e triste. Da qualche giorno mi sentivo poco bene, avevo come un malessere e non mangiavo piú niente, perfino l'odore delle pietanze mi dava disgusto. «Cos'ho? forse sono incinta, – pensai. – Come farò adesso?» Mi fermai. La campagna era silenziosa intorno a me e non vedevo piú la città, non vedevo ancora la nostra casa ed ero sola sulla strada vuota, con in cuore quello spavento. C'erano delle ragazze che andavano a scuola, andavano al mare d'estate, ballavano, scherzavano fra loro di sciocchezze. Perché non ero una di loro? Perché non era cosí la mia vita?

Quando fui nella mia camera, accesi una sigaretta.

Ma quella sigaretta aveva un cattivo sapore. Ricordavo che anche Azalea non poteva fumare, nel tempo che dovevano nascere i suoi figli. Cosí succedeva adesso a me. Certo ero incinta. Quando mio padre l'avesse saputo, m'avrebbe ammazzata. «Meglio cosí, – pensavo, – morire. Che sia finita per sempre».

Ma al mattino mi alzai piú tranquilla. C'era il sole. Andai a cogliere l'uva alla pergola insieme coi piccoli. Andai a passeggiare con Giulio per il paese. C'era la fiera e lui mi comperò un ciondolo portafortuna da mettere al collo. Ogni tanto mi veniva quello spavento, ma lo allontanavo da me. Non gli dissi niente. Mi divertii a vedere la fiera, con la gente che urlava, coi polli dentro le gabbie di legno, coi ragazzi che suonavano le trombette. Ricordai che il Nini era arrabbiato con me e pensai che sarei andata a cercarlo per rifare la pace.

Era festa quel giorno e non dovevo andare dalla vecchia. Anche il Nini non andava in fabbrica. Lo trovai mentre usciva dal caffè. Non era piú arrabbiato e mi chiese se prendevo qualcosa. Risposi di no e andammo al fiume.

– Facciamo la pace, – gli dissi quando fummo seduti.

– Facciamo pure la pace. Ma fra un po' devo andare da Antonietta.

– E io non ci posso venire? Antonietta è sempre tanto arrabbiata?

– Sí. Dice che non l'hai mai ringraziata di quello che ha fatto per te. E poi è gelosa.

– Gelosa di me?

– Sí, di te.

– Come sono contenta.

– Certo che sei contenta, brutta scimmia che sei. Ti godi un mondo a far soffrire qualcuno. E adesso dovrei proprio andare. Ma non ne ho voglia –. Se ne stava sdraiato sull'erba, con le braccia piegate sotto la testa.

– Ti piace stare con me? piú con me che con Antonietta?

– Molto di piú, – mi disse, – molto ma molto di piú.

– Perché?

– Non so perché, ma è cosí, – mi rispose.

– E anche a me piace stare con te. Piú con te che con tutti gli altri, – dissi.

– Piú con me che con Giulio?

– Piú con te.

– Oh, com'è questo fatto? – disse, e rise.

– Non lo so proprio, – dissi. Mi domandavo se m'avrebbe di nuovo baciata. Ma passava tanta gente quel giorno. A un tratto vidi Giovanni e Antonietta che venivano verso di noi.

– Ero sicuro di trovarli qui, – gridò Giovanni. Ma Antonietta mi guardò fredda fredda e non mi disse niente. Il Nini si alzò fiacco e andammo a spasso con loro in città.

La sera Giovanni mi disse:

– Che tipo strano sei tu. Ora t'è presa la mania del Nini e sei sempre col Nini, cucita al Nini e ti si trova sempre con lui.

Era vero che ero sempre col Nini. Lo andavo a prendere tutte le sere alla fabbrica. Non aspettavo altro che il momento di stare con lui. Mi piaceva stare

con lui. Quando eravamo insieme, dimenticavo quello di cui avevo paura. Mi piaceva quando parlava, e mi piaceva quando stava zitto e si mangiava le unghie pensando a qualcosa. Mi domandavo sempre se mi avrebbe baciata, ma non mi baciava. Sedeva discosto da me arruffandosi il ciuffo e lisciandoselo, e diceva:
— Adesso vattene a casa.

Ma io non avevo voglia di tornare a casa. Non mi annoiavo mai quando eravamo insieme. Mi piaceva se mi parlava dei libri che leggeva sempre. Non capivo quello che diceva, ma mi davo l'aria di capire e facevo sí con la testa.

— Scommetterei che non capisci niente, — diceva e mi dava uno schiaffetto al viso.

Una sera mi prese male mentre mi svestivo. Dovetti sdraiarmi sul letto e aspettare che fosse passato. Ero tutta bagnata di sudore e sentivo dei brividi. «Anche a Azalea succedeva cosí, – ricordai. – Lo dirò a Giulio domani. Deve pure saperlo, – pensavo. – Ma allora cosa faremo? Lui cosa farà? È possibile che sia proprio vero?» Ma sapevo che certamente era vero. Non riuscivo a dormire e gettavo via le coperte, mi rizzavo a sedere sul letto col cuore che batteva. Che cosa avrebbe detto il Nini quando l'avesse saputo? Una volta stavo quasi per dirglielo, ma avevo avuto vergogna.

Trovai Giulio in paese la mattina. Non rimase con me che un momento, perché doveva andare a caccia col padre.

– Hai una brutta faccia, – mi disse.

– Perché non ho dormito, – risposi.

– Spero di prendere una bella lepre, – mi disse. – Ho proprio voglia di muovere un po' i piedi nei boschi.

Guardò le nuvole che nuotavano piano verso la collina.

– Tempo da lepri, – disse.

Quel giorno non andai dalla vecchia. Dopo aver gironzolato sola in città, salii da Azalea. Ma era fuori.

C'era Ottavia che stirava in cucina. Aveva un grembiale bianco davanti, e non era in ciabatte. Tutto cambiava in casa, quando le cose di Azalea filavano bene. Anche i bambini sembravano ingrassati. Ottavia mi disse, mentre passava il ferro sopra un reggipetto di Azalea, che adesso andava tutto bene e Azalea era sempre contenta. Lo studente non era come l'altro. Non si scordava mai di telefonare. Faceva sempre quello che voleva Azalea e non era nemmeno andato a trovare i suoi che erano fuori, perché Azalea non gliel'aveva permesso. Bisognava soltanto badare che «il signore» non s'accorgesse di niente. Bisognava stare molto attenti. Mi pregò di aspettare il ritorno di Azalea per dirle di stare attenta.

Aspettai per un poco, ma Azalea non veniva e me ne andai. Era l'ora che il Nini usciva dalla fabbrica. Ma io m'incamminai adagio verso casa. Pioveva. Arrivai a casa bagnata e mi misi subito a letto, con la faccia nascosta sotto le lenzuola. Dissi a mia madre che non mi sentivo bene e non volevo mangiare.

– Un po' di freddo, – mi disse mia madre.

L'indomani mattina venne in camera, mi toccò il viso e disse che non avevo la febbre. E mi disse di alzarmi e di darle una mano a lavare le scale.

– Non posso alzarmi, – risposi, – sto male.

– Ah, ma è cosí che fai, – disse, – ora ti metti a fare l'ammalata. Chi si ammalerà sono io, che fatico dalla mattina alla sera e mi spezzo le braccia per voi. Se piglio il piatto non riesco neppure a mangiare, tanto mi sento stanca. E tu ci trovi gusto a vedermi crepare.

– Non posso alzarmi, te l'ho detto. Sto male.

– Ma cos'è? – mi disse mia madre, scostando le lenzuola per vedermi gli occhi. – Non ti sarà successo qualche cosa?

– Sono incinta, – le dissi. Mi batteva forte il cuore e per la prima volta mi accorgevo d'aver paura di quello che avrebbe fatto mia madre. Ma lei non rimase stupita. Sedette quieta sul letto, e mi tirò la coperta sui piedi.

– Sei proprio sicura? – domandò.

Feci sí con la testa, e piangevo.

– Non piangere, – disse mia madre, – vedrai che si aggiusterà tutto. Quel giovanotto lo sa?

Feci no con la testa.

– Dovevi dirglielo, bestia. Ma adesso aggiusteremo tutto per bene. Andrò io a parlare a quei ruffiani. Gli faremo sentire le nostre ragioni –. Si coperse la testa con lo scialle, e uscí. Poco dopo tornò tutta allegra, con la faccia rossa.

– Che ruffiani, – mi disse, – ma è fatto. Non c'è che da aspettare un po' di tempo. Il giovanotto deve prima fare l'esame. Cosí vogliono loro. Adesso bisogna che Attilio si tenga tranquillo. Ma ci penserò io. Tua madre ci pensa. Tu sta' a letto ben calda, – e mi portò una tazza di caffè. Poi prese il secchio e andò a lavare le scale, e la sentivo ridere da sola. Ma dopo un po' mi stava di nuovo davanti.

– A me quel giovanotto mi piace, – disse, – è la mamma che non mi va. Il padre s'è trovato subito d'accordo, ha detto che era pronto a riparare per il figlio, purché non ci fosse uno scandalo, mi ha chiesto se gradivo un bicchierino. Ma la mamma ha fatto un manicomio. S'è buttata sul figlio che pareva che volesse ammazzarlo. Gridava come un gallo. Ma io non mi son presa paura. Le ho detto: «La mia ragazza ha solo diciassette anni, c'è il tribunale a difenderla». S'è fatta bianca e si è messa a sedere, e stava zitta a lisciarsi le maniche. Il figlio era lí a testa bassa e non mi ha mai guardato. C'era solo il dottore che parlava. Mi ha detto che per carità non ci fossero scandali, per la sua posizione. E camminava su e giú sul tappeto. Se tu vedessi i tappeti che hanno. Se vedessi che casa. È una bella casa. Hanno tutto là dentro.

Ma io voltai la testa come per dormire, perché se ne andasse.

Finii con l'addormentarmi davvero, e mi svegliai mentre rientrava mio padre. Mi feci attenta e sentii che parlava con mia madre nella loro stanza, poi a un tratto lo sentii gridare. «Ora viene e mi ammazza», pensai. Ma non venne. Venne invece Giovanni.

– Dice il Nini perché non sei andata a prenderlo ieri, e che ti aspetta oggi, – mi disse.

– Sono a letto, non vedi, – gli risposi, – sto male.

– Avrai la scarlattina, – mi disse, – hanno tutti la scarlattina. I figli di Azalea se la son presa. Ora verrà anche a te la faccia come una fragola.

– Non ho la scarlattina, – gli dissi, – è un'altra cosa che ho.

Ma non fece domande. Guardò dai vetri e disse:
– Dove va quello?

Mi affacciai anch'io e vidi mio padre camminare verso il paese.

– Dove va? non ha nemmeno mangiato, – disse Giovanni.

Verso sera venne Azalea. Entrò in camera con mia madre.

– Sai che in maggio avremo un bel bambino, – le disse mia madre.

Non rispose e si sedette torva, sganciandosi la volpe dalle spalle.

– Mammà chiacchiera molto, – mi disse quando ci trovammo sole, – non è niente sicuro che ti sposi. Papà c'è andato e han fatto un manicomio, per poco non s'accoppavano. Loro hanno offerto dei soldi purché papà stesse zitto e tu andassi a fare il tuo bamboccio da qualche altra parte, e per le nozze si vedrà, si vedrà, dicevano. Papà s'è messo a urlare che l'avevano disonorato, e che lui andava in tribunale se Giulio non giurava di sposarti. È arrivato da me che sembrava uno straccio. Io te l'avevo detto che finivi cosí. Adesso dovrai stare chiusa in casa, perché in paese hanno già cominciato a discorrere. Non sanno niente, ma annusano che c'è qualche cosa. Piacere per te.

La sera venne di nuovo Giovanni. Ora aveva capito anche lui e mi guardò con un'aria maligna. Mi disse:

– Il Nini non lo sa ancora di te.

– Non voglio che tu glielo dica, – gli dissi.

– Sta' tranquilla che non glielo dico, – mi disse, – se credi che ci trovi gusto a ripetere le bellezze che fai. Ti sei messa in un bel pasticcio. Chi lo sa se ti sposa. Ora intanto è partito e non si sa dove sia. Dicono che era già fidanzato. Per me, non me ne interesso. Va' al diavolo tu col tuo bamboccio.

Mi rizzai e gli tirai contro un bicchiere che c'era sul comodino. Si mise a urlare e voleva picchiarmi, ma venne mia madre. Lo prese per la giacchetta e lo trascinò via.

Mia madre non voleva che scendessi in cucina o nelle stanze di sotto, per la paura che mi ci trovasse mio padre. Seppi da Giovanni che mio padre aveva giurato che se gli toccava vedermi, non sarebbe piú venuto a casa. Ma io non avevo voglia di muovermi dal mio letto. La mattina m'infilavo il vestito per non aver freddo, mettevo le calze e tornavo a stendermi sul letto, con la coperta addosso. Stavo male. Ogni giorno che passava era peggio. Mia madre mi portava il pranzo su un vassoio, ma non mangiavo. Una sera Giovanni mi gettò un romanzo.

– Te lo manda il Nini, – mi disse, – t'ha aspettata tre ore davanti alla fabbrica. Son tanti giorni che ti aspetta, dice. «Sta male», gli ho risposto.

Mi provai a leggere il romanzo, ma poi lo lasciai. C'erano due che ammazzavano una ragazza e la chiudevano dentro un baule. Lo lasciai perché mi faceva paura, e perché non ero abituata a leggere. Dopo aver letto un po', dimenticavo quello che diceva prima. Non ero come il Nini. A me il tempo passava lo stesso. M'ero fatta portare il grammofono in camera, e ascoltavo la voce chioccia ripetere:

> Mani di vellutòo
> Mani profumatée

Era un uomo o una donna che cantava? non si capiva bene. Ma mi ero abituata a quella voce, e mi piaceva sentirla. Non avrei voluto un'altra canzone. Adesso non volevo piú delle cose nuove. Mettevo ogni mattina lo stesso vestito, un vestito vecchio, sciupato, con dei rammendi da tutte le parti. Ma di vestiti adesso non m'interessavo piú.

Quando mi trovai davanti il Nini, la mattina della domenica, mentre mia madre era in chiesa, mi sentii malcontenta che fosse venuto. I fiori gocciolanti di pioggia che teneva in mano, i suoi capelli bagnati di pioggia, il suo viso eccitato e sorridente, io li guardai come una cosa stupida, che non conoscevo.

– Chiudi la porta, – gli dissi con rabbia.

– Ti ho spaventata, dormivi? Ecco dei fiori, – disse, sedendosi vicino a me. – Come stai? T'è passato? cos'è? Ti è venuta una faccia cosí strana.

– Sto male, – dissi. M'accorgevo che ancora non sapeva niente.

– T'è venuta una faccia magra, brutta, – mi disse. – Fai male a star chiusa qui in camera. Dovresti uscire a passeggiare un po'. Ti aspetto sempre davanti alla fabbrica. Penso: forse oggi starà bene e verrà. Verrai ancora a prendermi, quando sarai guarita?

– Non so.

– Perché non so? Che tono! Ti si è sciupato il carattere. Dimmi se verrai o se non verrai piú.

– Non mi lasciano uscire di casa, – risposi.

– Come non ti lasciano uscire?

– Perché non vogliono che vada con Giulio. E neppure con te. Non vogliono che vada coi ragazzi.

– Bene, – mi disse, – bene.

Si mise a camminare per la camera.

– Mi racconti un mucchio di bugie, – disse a un tratto, – dev'essere un sistema che hai trovato per mandarmi al diavolo. Come ti piace vedermi soffrire! come ti piace! Non posso piú lavorare, non posso far niente. Tutto il giorno non faccio che pensare a te. È questo che volevi, è vero? che io mi avvelenassi la vita? – Mi guardò con degli occhi lustri, cattivi. – T'è riuscito, – mi disse.

– Non me ne importa niente di farti soffrire, – gli dissi. Mi alzai a sedere sul letto. – Può darsi che una volta mi piacesse come dici tu. Ma adesso, cosa vuoi che me ne importi. Ho altro da pensare, adesso. Mi deve nascere un figlio.

– È questo? – disse, e non mi parve stupido. Ma la voce gli s'era come spenta. Mi posò la mano sulla spalla. – Oh povera ragazza! povera ragazza! – disse. – Come farai?

– Non so, – risposi.

– Ti sposerà?

– Non lo so. Non so niente. Ma gli hanno parlato. Forse mi sposerà, dopo che avrà finito di studiare.

– Lo sai che ti voglio bene? – mi disse.

– Sí, – dissi.

– Forse anche tu mi avresti voluto bene, a poco a poco, – mi disse. – Ma non serve che adesso ne parliamo. A parlarne fa ancora piú male. È finito. Vedi, io sono qui vicino a te, ma non trovo piú niente da dirti. Mi piacerebbe fare qualcosa per te, per aiutarti, ma intanto ho come voglia d'andarmene e che nessuno mi parli piú di te.

– Vattene allora, – gli dissi. E mi misi a piangere.

– Com'ero contento, – disse, – io mi dicevo che ti saresti innamorata anche tu a poco a poco. Qualche volta pensavo cosí, ma qualche volta invece mi prendeva paura di volerti troppo bene. Dicevo: non mi vorrà mai bene, le piace soltanto vedere come soffre la gente. Ma come siamo stati sciocchi, tutti e due.

Restammo un poco in silenzio. Le lagrime mi scorrevano lungo il viso.

– Forse mi sposerà, quando avrà finito di studiare, – gli dissi.

– Ma sí, forse ti sposerà. Del resto, io non sono adatto per te. Mi faresti troppo soffrire. Siamo cosí diversi noi due.

Se ne andò. Sentii sulle scale i suoi passi, lo sentii parlare con mia madre nell'orto. Mia madre entrò in camera a dirmi che in chiesa aveva visto la famiglia del dottore, ma Giulio non c'era. Il dottore le si era avvicinato e le aveva detto che Giulio l'aveva mandato per qualche tempo in città. E poi le aveva chiesto se poteva venire a parlare.

– È fatto, – mi disse mia madre.

Il dottore venne quel giorno stesso, e lui e mia madre si chiusero nella stanza da pranzo a discutere per quasi due ore. Mia madre poi salí e mi disse di tenermi allegra, perché erano tutti d'accordo e ci saremmo sposati in febbraio. Prima non si poteva perché Giulio doveva studiare tranquillo, senza emozioni, e fino al giorno del matrimonio non ci saremmo rivisti. Anzi il dottore voleva che io lasciassi subito il paese, per evitare le chiacchiere. Mia madre aveva pensato di mandarmi da una mia zia, che stava in un paese piú sopra, non molto lontano dal nostro. Mia madre aveva paura che io mi rifiutassi di andare. Perciò si mise a parlarmi con grande calore di quella mia zia, come dimenticando che erano in lite da anni per certi mobili. Mi raccontò dell'orto che aveva la zia davanti alla casa, un bell'orto grande dove avrei potuto passeggiare finché mi piaceva.

– Mi fa pietà vederti sempre chiusa in prigione qua dentro. Ma la gente è cosí cattiva.

Poi venne Azalea. Lei e mia madre si misero a discutere sul giorno che dovevo partire, e mia madre voleva che Azalea dicesse al marito di farsi prestare l'automobile dalla sua ditta, ma Azalea non ne voleva sapere.

Al paese di mia zia ci andai su un carro. Mi accompagnò mia madre. Prendemmo una strada fra i campi perché non mi vedesse nessuno. Io portavo un soprabito di Azalea, perché i vestiti miei non mi stavano piú bene e mi stringevano in vita. Si arrivò di sera. La zia era una donna molto grassa, con degli occhi neri sporgenti, con un grembiale di cotone azzurro e le forbici appese al collo, perché faceva la sarta. Cominciò a bisticciare con mia madre per il prezzo che dovevo pagare nel tempo che sarei rimasta con lei. Mia cugina Santa mi portò da mangiare, accese il fuoco nel camino e sedutasi vicino a me mi raccontò che anche lei sperava di sposarsi presto, «ma per me non c'è fretta», disse ridendo forte e lungamente. Il suo fidanzato era il figlio del podestà del paese ed erano fidanzati da otto anni. Lui adesso era militare e mandava delle cartoline.

La casa della zia era grande, con delle alte camere vuote e gelate. C'erano dappertutto dei sacchi di granturco e di castagne, e ai soffitti erano appese delle cipolle. La zia aveva avuto nove figli, ma chi era morto e chi era andato via. In casa c'era solo Santa, che era la minore e aveva ventiquattro anni. La zia non la poteva soffrire e le strillava dietro tutto il giorno. Se non si era ancora sposata era perché la zia, con un pretesto o con l'altro, le impediva di farsi il corredo. Le piaceva tenersela in casa e tormentarla senza darle mai pace. Santa aveva paura di sua madre, ma ogni volta che parlava di sposarsi e lasciarla sola piangeva. Si meravigliò che io non piangessi, quando ripartí mia madre. Lei piangeva ogni volta che sua madre andava per qualche affare in città, anche sapendo che prima di sera sarebbe tornata. In città Santa non c'era stata che due o tre volte. Ma diceva che si trovava meglio al paese. Pure il paese loro era peggio del nostro. C'era puzzo di letamaio, bambini sporchi sulle scale e nient'altro. Nelle case non c'era luce e l'acqua si doveva prendere al pozzo. Scrissi a mia madre che dalla zia non ci volevo piú stare e mi venisse a riprendere. Non le piaceva scrivere e per questo non mi diede risposta per lettera, ma fece dire da un uomo che vendeva il carbone di aver pazienza e restare dov'ero, perché non c'era rimedio.

Cosí restai. Non mi sarei sposata che in febbraio ed era soltanto novembre. Da quando avevo detto a mia madre che mi doveva nascere un figlio, la mia vita era diventata cosí strana. Da allora m'ero dovuta sempre nascondere, come qualcosa di vergognoso che non può essere veduto da nessuno. Pensavo alla mia vita d'una volta, alla città dove andavo ogni giorno, alla strada che portava in città e che avevo attraversato in tutte le stagioni, per tanti anni. Ricordavo bene quella strada, i mucchi di pietre, le siepi, il fiume che si trovava ad un tratto e il ponte affollato che portava sulla piazza della città. In città si compravano le mandorle salate, i gelati, si guardavano le vetrine, c'era il Nini che usciva dalla fabbrica, c'era Antonietta che sgridava il commesso, c'era Azalea che aspettava il suo amante e andava forse alle Lune con lui. Ma io ero lontana dalla città, dalle Lune, dal Nini, e pensavo stupita a queste cose. Pensavo a Giulio che studiava in città, senza scrivermi e senza venirmi a trovare, come non ricordandosi di me e non sapendo che doveva sposarmi. Pensavo che non l'avevo piú rivisto da quando aveva saputo che avremmo avuto un figlio. Che cosa diceva? Era contento o non era contento che ci dovevamo sposare?

Passavo le giornate seduta nella cucina della zia, sempre con gli stessi pensieri, con in mano le molle per il fuoco, con la gatta sulle ginocchia per sentirmi piú calda, e uno scialle di lana sulle spalle. Venivano ogni tanto delle donne a misurarsi i vestiti. La zia, in ginocchio, con la bocca piena di spilli, leticava per la forma del collo e per le maniche e diceva che quando c'era ancora la contessa, doveva andare tutti i giorni alla villa a lavorare per lei. La contessa era morta da un pezzo e la villa era stata venduta, e la zia piangeva sempre quando ne parlava.

– Era un gusto sentirsi fra le dita quelle sete, quei pizzi, – diceva la zia. – La povera contessa mi voleva tanto bene. Diceva: «Elide mia, finché ci sono io, non ti deve mancare mai niente».

Ma era morta in miseria, perché i figli e il marito s'erano mangiato tutto.

Le donne mi guardavano incuriosite e la zia raccontava che m'aveva accolta per pietà perché i miei m'avevano messo fuori di casa, per via di quella disgrazia che m'era successa. C'era qualcuna che voleva farmi la predica, ma la zia tirava corto e diceva:

– Ora quello che è stato è stato, e poi non si sa. Certe volte uno crede di sbagliare, e invece poi trova che ha fatto bene. A vederla cosí sembra una sciocca, ma è furba, perché s'è preso uno ricco e istruito che finirà a sposarla. Chi è sciocca invece è mia figlia, che fa l'amore da otto anni e non le riesce di farsi sposare. Dice che è colpa mia che non le do il corredo. Glielo facciano loro il corredo che stanno meglio di me.

– Un giorno o l'altro ti ritorno incinta, cosí sei contenta, – le gridava mia cugina.

– Provati un po' e poi vediamo, – le diceva la zia, – ti strappo tutti i denti dalla bocca se lo dici ancora. No, in casa mia queste cose non si sono mai viste. Di nove figli, cinque sono femmine, ma per la serietà nessuno ha mai potuto dir niente, perché le ho custodite bene fin da piccole. Ripeti un po' quello che hai detto, strega, – diceva a Santa. Santa scoppiava a ridere e le donne ridevano con lei, anche la zia rideva e non la smettevano piú per un pezzo.

La zia era la sorella di mio padre. Sebbene non fosse stata al paese nostro da tanti anni, e io non l'avessi quasi mai vista prima d'allora, sapeva i fatti di tutti e parlava di tutti come li avesse sempre avuti intorno. Ce l'aveva con Azalea, perché diceva che era troppo superba.

– Chi sa cosa si crede, perché d'inverno porta la pelliccia, – diceva. – La contessa ne aveva tre di pellicce e le buttava in braccio al servitore entrando come se fosse stata tela straccia. Eppure lo so io che prezzo avevano. Le conosco bene le pellicce. Quella di Azalea è coniglio. Puzza di coniglio da un metro lontano.

– Quel Nini è un tipo buffo, – diceva qualche volta, – è mio nipote tanto come te, ma non ho mai avuto il bene di conoscerlo un po'. Un giorno che l'ho incontrato in città, m'ha fatto un bel saluto ed è filato via. Eppure da bambino lo portavo in collo, e gli mettevo le pezze ai calzoni perché andava strappato. Mi hanno detto che sta con una donna.

— Lavora in fabbrica, – le dicevo.

— Meno male che ce n'è uno che lavora. I miei figli tutti lavorano, ma da voi nessuno fa niente. Siete venuti su come l'erba cattiva, che fa peccato pensarci. Tu da quando sei qui non ti sei mai rifatta il letto una volta. Passi la giornata seduta, coi piedi sullo sgabello.

— Sto male, – le dicevo, – sto troppo male, non mi posso stancare.

— Si capisce a guardarla come soffre, – diceva Santa, – è verde come un limone, e storce sempre la bocca. Non tutti son robusti come noi. Perché noi stiamo in mezzo ai contadini, e invece lei è cresciuta piú vicino alla città.

— Di' pure che era sempre in città. Non faceva che scappare in città, fin da quando era piccolina, e cosí ha perso la vergogna. Una ragazza non dovrebbe metterci i piedi in città, quando non l'accompagna la madre. Di' che sua madre è mezza matta anche lei. Sua madre da ragazza era senza rispetto anche lei.

— Ma Delia se si sposa starà meglio di tutti, – diceva Santa, – e metterà superbia come ha fatto Azalea.

— È vero. Il giorno che si sposa non le manca piú niente. Ora stiamo a vedere se si sposa. Può darsi che le vada bene, ma chi sa. Speriamo.

— Quando sarai maritata, verrò a farti da cameriera, – diceva Santa dopo che la zia se n'era andata, – se non mi sposo anch'io. Ma se mi sposo devo andare nei campi, col fazzoletto in testa e gli zoccoli ai piedi, seduta sul somaro e sudare su e giú tutto il giorno. Perché il mio fidanzato è contadino e hanno terra fin sotto il paese, senza contare la vigna, e hanno vacche e maiali. Anche a me non mi mancherà niente.

– Che allegria. Mi viene male solo a pensarci, – dicevo.

– Oh, a te vien male per poco, – diceva Santa offesa, tagliando il cavolo per la minestra. – A Vincenzo gli voglio bene, e me lo piglierei se anche fosse povero e stracciato, e mi toccasse patire la miseria con lui. Tu invece non hai tempo di pensare se vuoi bene a quello o a un altro, perché in ogni modo lo devi sposare, nello stato che sei. E ancora devi dirgli grazie se ti sposa. A me non mi fa niente lavorare, se ho vicino chi mi vuol bene.

Si cenava con la scodella nel grembo, senza allontanarci dal fuoco. Io non la finivo mai la minestra. La zia si versava nel suo piatto quello che avevo lasciato.

– Se vai avanti cosí, ti verrà fuori un topo, – diceva.

– È questo buio che mette paura. Mi fa andar via la voglia di mangiare. Quando è notte, qui sembra d'essere in una tomba.

– Ah, per mangiare ci vuole l'elettricità. Questa non l'avevo ancora sentita. Ci vuole l'elettricità.

Dopo cena, Santa e la zia stavano alzate un pezzo e lavoravano ai ferri. Si facevano le maglie di sotto. A me veniva sonno, ma restavo perché avevo paura di salire le scale da sola. Dormivamo tutt'e tre in un letto, nella camera sotto il solaio. La mattina ero l'ultima ad alzarmi. La zia scendeva a portare il mangiare alle galline, Santa si pettinava parlandomi del suo fidanzato. Un po' dormivo e un po' stavo a sentire, e le dicevo di pulirmi le scarpe. Le puliva badando che non entrasse la zia, perché la zia non voleva che io mi facessi servire. E intanto seguitava a raccontarmi tutte le sue storie. Diceva: – Mi chiamo Santa, ma non sono santa –. Diceva che non era santa perché il suo fidanzato l'abbracciava quando veniva in licenza ed uscivano insieme.

Passeggiavo qualche volta nell'orto, perché la zia diceva che una donna incinta non deve star sempre seduta. Mi spingeva fuori della porta. L'orto era cintato da un muro e si usciva in paese da un cancello di legno. Ma io non l'aprivo mai quel cancello. Il paese lo potevo vedere dalla finestra della nostra camera e non aveva niente che invitasse. Camminavo dal cancello alla casa, dalla casa al cancello. Da una parte c'erano le canne per i pomodori, dall'altra parte erano piantati dei cavoli. Dovevo stare attenta a non pestare niente. – Attenta ai cavoli, – gridava la zia, mettendo fuori la testa dai vetri. L'orto era pieno di neve e mi si gelavano i piedi. Che giorno era? che mese era? cosa facevano a casa? e Giulio era ancora in città? Non sapevo piú niente. Sapevo solo che il mio corpo cresceva, cresceva, e la zia m'aveva allargato il vestito due volte. Piú il mio corpo si faceva largo e rotondo, e piú il viso mi diventava piccolo, brutto, tirato. Mi guardavo sempre nello specchio del cassettone. Era una cosa strana vedere com'era diventato il mio viso. «È meglio che non mi veda nessuno», pensavo. Ma mi avviliva che Giulio non m'avesse scritto, che non fosse mai venuto a trovarmi.

Venne invece una volta Azalea. Capitò il pomeriggio. Aveva la famosa pelliccia e un cappello stranissimo, con tre penne piantate sul davanti. In cucina c'era Santa con delle bambine che imparavano a fare l'uncinetto. Azalea non guardò in faccia nessuno e s'infilò per le scale, e mi disse che voleva parlarmi da sola. Aprí la prima porta che vedeva e trovammo la zia, che s'era messa giú per dormire, senza il vestito e con la sottoveste nera, con la sua treccia grigia sulle spalle. Quando riconobbe Azalea la zia si alzò tutta impaurita e agitata, e cominciò a farle mille complimenti, come non ricordando tutto quello che diceva di lei. Voleva scendere a farle il caffè. Ma Azalea le rispose secca secca che non lo voleva, e che voleva stare un po' sola con me, perché doveva ripartire subito. Cosí la zia se ne andò e restammo sole, e lei si mise a chiedermi se stavo molto male.

– Sei già grossa, – mi disse, – ho l'idea che il giorno che ti portano in chiesa sarai come un pallone.

E mi disse che il padre di Giulio era ancora venuto a offrire dei soldi, purché non si parlasse piú di matrimoni. In casa c'era stato il finimondo, e lui se n'era andato spaventato, assicurando che l'avevano capito male e che invece era molto contento. Poi mi disse che anche dopo sposata sarei rimasta dalla zia per un poco, fino a quando avessi partorito, perché al paese da noi non ci fossero tanti discorsi. E disse che la madre di Giulio era una vecchia avara, che non dava da mangiare alla serva e contava ogni giorno le lenzuola per la paura che gliele rubassero, e se dovevo poi stare con lei non c'era da invidiarmi.

— Ma Giulio ha detto che staremo da soli in città.

— Speriamo che starete da soli, perché se devi metterti con lei ti farà la vita difficile.

— Di' a Giovanni che mi venga a trovare, — le dissi.

— Gielo dirò, ma chi sa se verrà. È occupato con una donna.

— Antonietta?

— Non so chi sia. È una bionda che aveva prima il Nini. Passeggiano abbracciati sul corso. Ma è vecchiotta e val poco.

— Dillo anche al Nini che mi venga a trovare. Mi annoio.

— Il Nini non lo vedo da un pezzo. Lo dirò anche a lui se lo trovo. Io verrò ancora qualche altra volta, ma sai, non ho molto tempo. Non mi lascia un minuto quello là. Viene sempre a fischiare sotto le finestre, e mi fa segno: è uno scandalo.

— È sempre lo studente? — domandai.

— Cosa credi, che ne cambi uno al mese? — rispose offesa, allacciandosi i guanti. — Addio, — mi disse, — vado, — e mi abbracciò. Restai stupita e anch'io la baciai sulla faccia fredda e incipriata. — Addio, — ripeté sulle scale. La vidi camminare rigida nell'orto, seguita dalla zia.

La zia mi venne a chiamare perché assaggiassi certe sue frittelle. Era ancora tutta sottosopra per la visita di Azalea. Mi disse che le aveva chiesto se aveva delle scarpe vecchie, per Santa e per sé. Azalea le aveva promesso di portargliele un'altra volta. Le frittelle sapevano di grasso e mi fecero vomitare. La venuta di Azalea m'aveva messo tristezza. Ero pentita d'averle chiesto che dicesse al Nini di venire. Che effetto gli facevo se veniva davvero? Non mi riconoscevo piú quando mi specchiavo. Non parevo neppur piú la stessa. Come correvo svelta per le scale, una volta. Ora il mio passo s'era fatto pesante, lo sentivo risuonare per tutta la casa.

Giovanni me lo vidi capitare qualche giorno dopo. Arrivò su in motocicletta. Un amico gliel'aveva prestata. Appena sceso mi fece vedere che aveva un orologio. E disse che l'aveva comperato col denaro che aveva guadagnato di commissione.

– Cos'è una commissione? – gli chiesi.

Mi spiegò che da un tale aveva avuto l'incarico di fargli vendere un camioncino. Senza fatica s'era poi trovato duecento lire in tasca.

– È da imbecilli rompersi la schiena in fabbrica otto ore al giorno come fa il Nini. I soldi vengono in tasca da sé. Basta saper discorrere. Il Nini intanto è sempre stanco morto e la domenica si rinchiude a dormire. Anche perché s'è messo a bere peggio d'una volta.

– Lo vedi sovente? – gli chiesi.

– Poco. Adesso ha cambiato domicilio, – disse.

– Non sta piú con Antonietta?

– No.

Volevo chiedergli ancora del Nini, ma lui ricominciò a parlare di quei denari, del camioncino che aveva venduto e di un'altra commissione per certo ferro che doveva toccargli fra poco. Sedette in cucina con Santa e l'aiutò a sbucciare le castagne, e intanto seguitava a vantarsi e a raccontare della commissione, e di un'idea che aveva di comprarsi una motocicletta quando avesse avuto soldi abbastanza. Santa uscí per andare alla benedizione e rimanemmo soli accanto al fuoco.

— Ti trovi bene qui? – mi chiese.

— Mi annoio, – dissi.

— Giulio è in città. L'abbiamo trovato Antonietta e io al caffè. Si è seduto con noi e ci ha pagato una bibita. Ha detto che si ammazza a studiare e non ha tempo di scriverti.

— C'era anche il Nini? – gli chiesi.

— Non c'era perché con Antonietta ora sono come cane e gatto. Antonietta dice che il Nini l'ha trattata come un villano e se n'è andato via di casa una mattina gridando peggio d'un diavolo. Adesso sta da solo in una stanza dove tiene ammucchiati i suoi libri e quando esce di fabbrica si ficca lí dentro e comincia a leggere e a bere. Se arrivo io, nasconde la bottiglia. Non si compra nemmeno da mangiare e s'è conciato sporco che mette paura. Antonietta m'ha dato da portargli dei libri che aveva lasciato da lei. «Antonietta te la regalo, – mi ha detto, – prendi il mio posto e va' a stare da lei che starai meglio che a casa tua; cucina bene Antonietta e l'arrosto lo fa delizioso».

— E allora tu ci andrai?

— Non sono mica stupido, – mi disse, – se ci vado finisce che mi tocca sposarla. Me la tengo finché ne ho voglia, e poi la pianto come ha fatto il Nini. Prima di tutto quando non è ancora dipinta si capiscono gli anni che ha. E poi ha sempre una lagna che annoia sentirla.

Si fermò a cena e spaventò Santa con la storia d'un certo fantasma che sbucava di notte sulla strada. Uscii con lui nell'orto.

– Addio, – disse mettendosi sopra il sellino, – sta' allegra. Quando non avrai piú quel cocomero sul davanti, ti porterò con Antonietta al cinema. Se ne vedono di belle al cinema. Ci vado spesso perché Antonietta conosce il padrone e ci fanno entrare con lo sconto.

Partí con grande fracasso, facendo fumo da dietro.

La zia e Santa continuavano a parlare del fantasma, ne parlarono tutta la sera e parlarono anche di una monaca che compariva sempre alla fontana e che Santa aveva visto una volta, finché venne paura anche a me. Nel letto non potevo addormentarmi e non facevo che pensare alla monaca, e svegliai Santa tirandola per un braccio, ma si voltò dall'altra parte borbottando qualcosa. Mi alzai e andai alla finestra a piedi scalzi, e pensavo al Nini che beveva nella sua camera col ciuffo scompigliato, e metteva via presto la bottiglia quando entrava Giovanni. Mi venne voglia di parlare col Nini e di dirgli che avevo paura della monaca e dei fantasmi, e sentirlo ridere e canzonarmi come faceva una volta. Ma era ancora capace di ridere? Forse non rideva piú ed era come impazzito dal bere. Allora mi venne da piangere, e cominciai a piangere e a gridare ritta nella stanza in camicia con le mani sul viso. La zia si svegliò e saltò fuori dal letto, accese la candela e mi chiese cosa m'era successo. Le dissi che avevo paura. Mi disse di non far la stupida e di rimettermi a letto a dormire.

Venne in licenza il fidanzato di Santa, uno alto col viso color terracotta, che si vergognava a parlare. Santa mi domandò se mi piaceva il suo fidanzato.

– No, – le risposi.

– Forse a te piacciono solo coi baffi, – mi disse.

– No, – dissi, – c'è anche chi non ha i baffi e mi piace –. E pensai al Nini e di nuovo mi venne voglia d'essere con lui, lontana da Santa e dalla zia, sdraiata in riva al fiume col vestito celeste che avevo d'estate. Mi sarebbe piaciuto sapere se mi voleva ancora tanto bene. Ma adesso ero cosí brutta e buffa che avrei avuto vergogna di farmi vedere da lui. Avevo vergogna perfino davanti al fidanzato di Santa.

Santa era arrabbiata con me perché le avevo detto che non mi piaceva il suo fidanzato. Stette senza parlarmi per diversi giorni, finché dovetti chiamarla e chiederle scusa una volta che avevo bisogno che mi aiutasse a lavarmi i capelli. Fece scaldare l'acqua e me la venne a portare, e mi baciò e si commosse, e mi disse che quando io fossi partita non avrebbe saputo abituarsi a stare senza di me. E volle che le promettessi di scriverle qualche volta.

C'era un po' di sole e sedetti nell'orto per farmi asciugare i capelli, con un asciugamano sulle spalle. A un tratto vidi aprirsi il cancello ed entrò il Nini.

– Come va, – disse. Era sempre lo stesso con l'impermeabile e il cappello storto, e la sciarpa buttata intorno al collo, ma aveva un'aria distratta e antipatica e non trovavo niente da dirgli. E poi mi dispiaceva troppo che vedesse com'ero diventata. Mi disse di uscire dall'orto e passeggiare fuori perché non aveva voglia di dover parlare alla zia. Mi tolsi l'asciugamano di dosso e lo seguii fuori, e camminammo un pezzo per le vigne spoglie, sulla neve dura e gelata.

– Come va, – gli dissi.

– Male, – mi rispose. – In febbraio ti sposi?

– Sí, in febbraio.

– Giulio viene sovente qui?

– No. Non è mai venuto.
– E a te dispiace che non venga mai?
Non rispondevo e si fermò davanti a me, guardandomi fisso negli occhi.
– No che non ti dispiace. Non te ne importa niente nemmeno di lui. Dovrei essere piú contento cosí. E invece mi fa ancora piú male. A pensarci è una storia tanto stupida. Non varrebbe la pena tormentarsi piú.
Si fermò di nuovo aspettando che dicessi qualcosa.
– Sai che adesso sto solo?
– Sí, lo so.
– Mi trovo bene da solo. Passano delle intere giornate che non dico una parola a nessuno. Esco dalla fabbrica e vado subito nella mia stanza, dove ho i miei libri e nessuno che venga a dar noia.
– Hai una bella stanza? – gli chiesi.
– Macché.
Scivolavo e mi sostenne col braccio.
– Forse t'interessa sapere se sono ancora innamorato di te. No, credo di non essere piú innamorato.
– Sono contenta, – dissi. Ma non era vero e mi sentivo invece cosí triste che facevo fatica a non piangere.
– Quando sono venuto da te l'ultima volta, che m'avevano detto che eri malata, volevo domandarti se mi volevi sposare. Non so come mi era venuta quest'idea assurda. Certo rispondevi di no, ridevi o ti arrabbiavi, ma io non avrei sofferto tanto. Quello che m'ha fatto soffrire, è stato sapere che avrai un bambino, che tu con questa faccia, con questi capelli, con questa voce, avrai un bambino e forse gli vorrai bene, forse diventerai a poco a poco un'altra, e io cosa sarò per

te? La mia vita non cambierà e io continuerò a andare in fabbrica, a fare il bagno nel fiume d'estate, a leggere i miei libri. Una volta ero sempre contento, mi piaceva guardare le donne, mi piaceva girare in città e comperarmi dei libri, e intanto pensavo a tante cose e mi pareva d'essere intelligente. Mi sarebbe piaciuto che avessimo un bambino insieme. Ma non ti ho mai neanche detto come ti volevo bene. Avevo paura di te. Che storia stupida è stata. È inutile piangere, – disse vedendomi le lacrime agli occhi. – Non piangere. Mi fa rabbia vederti piangere. Lo so che non te ne importa. Piangi cosí, ma poi cosa te ne importa?

– Anche a te adesso non t'importa piú di me, – gli dissi.

– No, – mi rispose. Cominciava a far buio. Mi riaccompagnò fino al cancello.

– Addio, – mi disse, – perché m'hai fatto dire che venissi qui?

– Perché volevo vederti.

– Volevi vedere come mi ero ridotto? Sono ridotto bene, – mi disse, – non faccio che bere.

– Ma l'hai sempre fatto di bere.

– Non come adesso. Addio. Non ti ho detto la verità. Ti ho detto che non ti volevo bene. Non è vero, ti voglio ancora bene.

– Anche se adesso io sono cosí brutta? – gli chiesi.

– Sí, – disse, e rise. – Ma ti sei fatta brutta davvero. Addio, me ne vado.

– Addio, – gli dissi.

Trovai Santa che piangeva in cucina, perché Vincenzo le aveva detto partendo che la sua famiglia non li lasciava sposare. Volevano un'altra ragazza coi soldi. Lui aveva promesso di sposarla lo stesso, ma la zia diceva che certo non si sarebbe deciso. La zia mi domandò dov'ero stata. Le dissi che ero uscita a passeggio col Nini.

– Ah, il Nini. Poteva ben venirmi a salutare. Ho visto morire sua madre.

Santa non volle cenare.

– Sei proprio stupida, – le disse la zia, – cos'è questa fretta di sposarsi? Qui a casa hai tutto il necessario. Quando una donna si sposa le cominciano i guai. Ci sono i figli che gridano, c'è il marito che bisogna servirlo, ci sono i suoceri che fan la vita dura. Se prendevi Vincenzo ti toccava andar nei campi la mattina presto, e zappare e falciare, perché quelli sono contadini. Avresti visto che gusto. Una ragazza non capisce la vita. Cosa c'è di meglio per te che startene a casa con tua madre?

– Sí, ma dopo? – rispose Santa singhiozzando.

– Dopo? dopo, vuoi dire quando sarò morta? Hai tanta fretta di vedermi morire? Camperò novant'anni per farti dispetto, – gridò la zia, sbattendole il rosario sulla testa.

– Tua cugina è diverso, – continuò dopo un poco, mentre Santa si asciugava gli occhi. – A lei è capitata una disgrazia. Non m'avrai fatto qualche brutto scherzo anche tu?

– No no, lo giuro.

– Spero bene. In casa mia queste cose non si sono mai viste. Ma delle volte il cattivo esempio vuol dire, come succede con la frutta marcia. Delia se fosse stata mia figlia stasera le davo due schiaffi. Non si va in giro con un giovanotto nello stato che sei, – mi disse, –

come oggi col Nini. Non importa se siete venuti su insieme. Mica tutti lo possono sapere.

Non le risposi e invece presi a consolare Santa, e le dissi:

– Non disperarti che dopo sposata ti cerco un marito anche per te.

– Là, là, – mi disse la zia, – anche tu non hai tanto da cantare vittoria. M'hanno detto che il tuo fidanzato non ci pensa per niente a sposarti e va sempre con una signorina. Me l'hanno detto diversi, e ci credo. Del resto come mai non ti viene a trovare, sono venuti tutti, perfino quel matto del Nini, e proprio lui perché non è venuto.

– Se deve studiare, – le dissi.

– Non so. Io ripeto quello che ho sentito. Lo vedono con una signorina, cosí m'hanno detto. Tu merlo stai qui ad aspettare che venga a sposarti, e invece lui non si ricorda piú neanche chi sei.

– Non è vero, – le dissi.

– Perché non vai a domandarlo a lui se è vero. Fatti un po' avanti e digli che ti deve sposare, adesso che t'ha rovinata, se no pianti fuori uno scandalo. Agli uomini bisogna fargli paura. Sarà carino quando avrai un figlio sulle braccia e dovrai guadagnarti la vita. Perché tuo padre in casa non ti piglia piú, te l'assicuro io.

Se ne andò e restai sola con Santa. Santa mi disse:

– Come siamo disgraziate noi due, – e voleva tenermi abbracciata e che piangessimo insieme, ma io non avevo voglia di averla vicino. Scappai su in camera e mi chiusi a chiave. Non piangevo e guardavo zitta nel buio, e pensavo che aveva ragione di non volermi sposare. Perché adesso ero diventata brutta e l'aveva detto anche il Nini, e poi non gli volevo bene, non m'importava niente di lui. «Per me sarebbe meglio morire, – pensavo, – sono stata troppo stupida e disgraziata. Adesso non so piú cosa vorrei». Ma forse la sola cosa che volevo era tornare com'ero una volta, mettere il mio vestito celeste e scappare ogni giorno in città, e cercare del Nini e vedere se era innamorato di me, e andare anche con Giulio in pineta ma senza doverlo sposare. Eppure tutto questo era finito e non poteva piú ricominciare. E quando la mia vita era cosí non facevo che pensare che mi annoiavo e aspettare qualche cosa d'altro, e speravo che Giulio mi sposasse per andarmene via di casa. Adesso non desideravo piú di sposarlo e ricordavo come tante volte m'ero annoiata mentre mi parlava, e come tante volte m'aveva fatto dispetto. «Ma è inutile, – pensavo, – è inutile e ci dobbiamo sposare, e se lui non mi vuole sarò rovinata per sempre».

L'indomani venne mia madre e mi trovò con la febbre, per il freddo che avevo preso a girare col Nini fino a tardi, le disse la zia. La camera era troppo fredda e io sedevo in cucina al mio solito posto, con le gambe quasi nel fuoco. Battevo i denti e mi lamentavo per la febbre che avevo addosso. Mi sentivo la testa confusa e non capivo bene quello che diceva mia madre. Mia madre raccontava che di nuovo c'era stata una scena fra Giulio e mio padre, perché Giulio aveva detto che il bambino poteva anche non essere suo.

– Se tu non avessi fatto sempre la vagabonda, non avresti sentito di queste parole, – mi disse mia madre.

– È vero, – disse la zia, – e anche ieri è uscita a

passeggio col Nini, e cosí le è venuta la febbre dal freddo che ha preso. A me non me ne importa niente, ma mi dispiace solo che l'ho qui da noi. Perché se la fama cattiva s'attacca a mia figlia, chi gliela toglie piú?

Ma io dissi che andassero via e mi lasciassero stare, perché mi dolevano tutte le ossa. La zia disse a mia madre che dovevo parlare io con Giulio, se era lui che non mi voleva, e anche mia madre disse che gli dovevo parlare, e mi lasciò il suo indirizzo in città, che aveva avuto dalla serva in segreto. Poi scappò via in fretta per essere a casa prima che tornasse mio padre, perché mio padre non voleva che venisse a vedermi e diceva che se anche ero morta lui non lo voleva sapere.

Cosí un giorno, quando fui guarita, mi preparai per andare in città, presi il denaro che m'aveva lasciato mia madre e un involto di dolci che aveva fatto la zia e che voleva che portassi a Giulio, ma i dolci quando fui sul postale li regalai a una donna. Per tutto il tempo che fui sul postale non feci che pensare alla città, che non rivedevo da un pezzo, e mi piaceva anche guardare dai vetri e guardare la gente che saliva e sentire di cosa discorrevano. Era sempre piú bello che in cucina, perché i pensieri tristi sparivano a trovarsi davanti tanta gente, che non mi conosceva e non sapeva tutte le mie storie. Mi rallegrò vedere la città, con i portici e il corso, e guardai se per caso c'era il Nini, ma a quell'ora doveva essere in fabbrica. Mi comprai delle calze e un profumo chiamato «notturno», finché non mi restarono piú soldi. E poi andai da Giulio. La padrona di casa, una coi baffi, che camminava trascinando una gamba, mi disse che dormiva e non osava chiamarlo, ma se aspettavo un poco si sarebbe alzato. Mi portò nel salotto ed aperse le imposte, e sedette con me e cominciò a raccontarmi della gamba che le si era gonfiata dopo che era caduta da una scala, mi raccontò le cure che faceva e i soldi che doveva spendere. Quando uscí per aprire al lattaio mi tolsi in fretta le calze e infilai quelle nuove che avevo comprato, e le altre che erano rotte le arrotolai e le ficcai nella borsa. E di nuovo sedetti ad aspettare finché venne la padrona a chiamarmi, e trovai Giulio nella sua camera cosí insonnolito che non capiva chi fossi. Poi si mise a girare senza scarpe e a cercare la cravatta e la giacca, e io sfogliavo i suoi libri sul tavolo, ma lui mi disse che lasciassi stare e non toccassi niente.

– Chi sa perché sei venuta, – mi disse, – ho da fare e mi dispiace molto di perdere il tempo. E poi cosa diranno qui in casa, dovrò certo spiegare chi sei.

– Dirai che ci dobbiamo sposare, – gli dissi, – oppure non vuoi piú che ci sposiamo?

– Hai paura che scappi, – mi disse con rabbia, – sta' tranquilla che adesso non ti scappo piú.

– Senti, – dissi con una voce quieta e bassa, che non mi parve la mia. – Senti, lo so che non t'importa piú di me. E anche a me non m'importa di te. Ma sposarmi devi sposarmi, perché se no mi butterò nel fiume.

– Oh, – disse, – l'hai letto in qualche romanzo.

Ma s'era un po' spaventato e mi disse di non ripetere certe sciocchezze, e gridò alla padrona che facesse il caffè. Dopo che ebbi preso il caffè portò via le tazzine e richiuse a chiave la porta, e mi disse che invece di parlare si poteva passare meglio il tempo.

Quando vidi dai vetri che era buio dissi che m'era già partito il postale, e lui allora guardò l'orologio e mi disse di far presto a vestirmi, che forse si arrivava ancora a prenderlo.

– Se no dove ti metto stanotte, – mi disse, – tenerti qui non ci penso neppure, la zoppa correrebbe a raccontarlo per tutta la città.

Alla fermata del postale si arrabbiò con me perché non trovavo il biglietto, e poi perché nella furia mi cadde la borsa e vennero fuori le calze che m'ero levate in salotto, e mi disse:
– Ma sei proprio sempre la stessa. Non imparerai mai come si vive.

La notte prima del mio matrimonio non feci che piangere, e la zia volle che stessi due ore con delle pezze fredde sul viso, perché non si vedesse tanto. Poi mi lavò i capelli con l'uovo e mi spalmò una crema sulle mani perché le avevo rosse e screpolate. Era una crema che adoperava sempre la contessa. Ma ogni volta che qualcuno mi parlava piangevo, e facevo pietà, coi capelli appena lavati che mi scappavano da tutte le parti, gli occhi gonfi dal piangere e la bocca tremante.

La mattina arrivarono mio padre e mia madre su un carro, e dopo un po' arrivarono i due piccoli a piedi, con la speranza di mangiare qualcosa. Ma erano cosí sporchi che la zia non lasciò che venissero in chiesa. Giovanni non l'avevano trovato perché era già filato in città, e Azalea era al mare coi figli, convalescenti d'una malattia. M'aveva scritto una lettera dove mi faceva capire che era là col suo amante e non aveva voglia di muoversi. Piú tardi vennero Giulio e suo padre. Giulio non si riconosceva per il soprabito lungo che aveva, per i guanti che teneva in mano e per le scarpe lucide. La zia si fece prestare delle seggiole, perché le sue perdevano la paglia.

In chiesa io non capii una sola parola di quello che diceva il prete. Morivo di paura che tutt'a un tratto mi venisse male, dal batticuore e dall'odore d'incenso. La chiesa era stata imbiancata da poco ed era nuda e vuota, che non pareva neppure una chiesa. Mia madre s'era portato lo scaldino e la zia non faceva che guardare la porta, col pensiero del pranzo che aveva sul fuoco. Santa piangeva per il dolore che non era lei a sposarsi, e anch'io piangevo e non riuscivo piú a smettere. Piansi per tutta la durata del pranzo che aveva preparato la zia. Ma gli altri finsero di non vedermi e si misero a parlare fra loro di cose che non mi riguardavano.

Quando mio padre fece per andarsene, la zia mi spinse davanti a lui e mi disse di chiedergli perdono dei dispiaceri che gli avevo dato. Mi baciò imbarazzato e voltò via la testa. Era molto cambiato in quei mesi e gli era venuta un'aria sempre offesa e triste. Adesso portava gli occhiali e non pareva piú la stessa persona che m'aveva picchiato per Giulio. Pareva che ogni forza di picchiare, di urlare e di arrabbiarsi l'avesse lasciato. Mi dava delle occhiate di traverso senza dirmi niente. Pareva che si vergognasse di me.

Dopo pranzo ripartirono tutti e solo Giulio rimase. Salimmo insieme in camera e mi disse che dovevo restare con la zia fino a quando fosse nato il bambino. Qualche volta sarebbe venuto a trovarmi, ma non troppo spesso. Perché s'era stancato a studiare e anch'io dovevo star tranquilla, e pensare che non era uno scherzo partorire un bambino. Mi disse di sdraiarmi a riposare per l'emozione che avevo provato in chiesa, e mi lasciò e scese in cucina con Santa che asciugava i bicchieri.

Venne poi a trovarmi una domenica. Era di nuovo

vestito da caccia con gli stivali neri e la giacca sbottonata sul petto, come una volta quando lo vedevo in paese. Gli domandai se aveva già trovato l'alloggio.

– Quale alloggio, – mi disse, – non c'è nessun alloggio da trovare, perché staremo coi miei e mia madre ha già pronta la camera.

– Ah davvero, – gli dissi, e mi tremò la voce dalla rabbia. – Ma con tua madre io non ci voglio stare. Preferisco morire piuttosto che vedere ogni giorno tua madre.

– Non ti permetto di parlare cosí, – mi disse. E disse che presto avrebbe avuto uno studio in città, ma io dovevo abitare al paese coi suoi perché la vita era troppo costosa e noi non avevamo i mezzi per stare da soli.

– Era meglio non sposarsi allora, – gli dissi.

– Certo era meglio, – disse, – ma t'ho sposata perché mi facevi pietà. L'hai già dimenticato che volevi buttarti nel fiume.

Lo guardai bene in faccia e me ne andai. Traversai l'orto in fretta senza rispondere niente alla zia che mi chiedeva dove diavolo andavo. Mi misi a camminare per le vigne come quel giorno col Nini, e passeggiai a lungo con le mani in tasca, col vento che mi soffiava sul viso. Quando tornai Giulio se n'era andato.

– Carogna, – mi disse la zia, – sai farti rispettare tu. Passavo e vi ho sentiti leticare. Ma per leticare è un po' presto. Gliene farai vedere di carine se continui cosí.

Giulio tornò dopo qualche giorno con certi tagli di stoffa, perché voleva che mi facessi degli abiti, e mi disse che avrebbe ripensato a quell'affare della città.

– Mi metto contro i miei pur di farti contenta, – disse, – ma non meriteresti niente, perché sei troppo cattiva.

La zia venne a guardare le stoffe e tirò fuori un giornale di mode, e disse che appena mi fossi sgravata si sarebbe messa al lavoro. Ma Giulio allora le disse che quelle stoffe le voleva portare da una sarta in città. La zia si fece rossa e si offese, e ci disse di uscire dalla camera e andare in cucina perché doveva riordinare un armadio. – E in fin dei conti questa è casa mia, – ci disse.

Giulio mi disse che bisognava che fossi elegante se volevo abitare in città. Ma disse che non mi avrebbe permesso di vestirmi come si vestiva Azalea. Perché Azalea portava certe cose stravaganti, che quando passava per la strada si voltavano tutti a guardarla. Lui non voleva che questo succedesse anche a me. Ma elegante mi voleva elegante, perché una donna quando si trascura non c'è gusto a portarsela intorno. Santa gli disse per fargli dispetto che le stoffe le aveva scelte male, perché non erano i colori di moda.

– La conoscono molto la moda quelli che stanno sempre in mezzo alle cipolle, – disse Giulio.

– La moda è di vestirsi come gli altri, senza quegli stivali dell'orco, che mi scappa da ridere a vederli anche un metro lontano, – rispose Santa.

Se la presero a male tutti e due e Giulio seguitò a parlarmi come se fosse stato solo con me. Mi disse che se stavo in città bisognava ricevere ogni tanto, e io dovevo imparare a ricevere e tante altre cose, perché certe volte pareva che cascassi dal mondo della luna. Lo guardai per vedere se pensava alle Lune dicendo cosí. Invece lui non ci pensava affatto e pareva che non si ricordasse che m'aveva portato alle Lune, dove andavano anche le puttane, pareva che non si ricordasse piú del tempo che non eravamo sposati, e la sua poca voglia di sposarmi e i denari che io dovevo prendere pur di sparire da qualche altra parte, col figlio che avevo da lui. Adesso mi parlava sovente del nostro bambino, del viso che s'immaginava che avesse e di una carrozzella smontabile di un tipo nuovo che aveva visto e bisognava comprare.

I dolori mi presero di notte. La zia si alzò e chiamò la levatrice, e mandò Santa dalla sua madrina perché diceva che una ragazza non può vedere come nasce un bambino. Santa invece voleva restare perché aveva troppa impazienza di baciare il bambino e di mettergli in testa una cuffia coi nastri celesti che aveva ricamato per lui. Verso il mattino arrivò mia madre, anche lei con delle cuffie e dei nastri. Ma io ero tutta stravolta dalla paura e dal male, avevo avuto già due svenimenti e la levatrice disse che bisognava portarmi d'urgenza all'ospedale in città.

Mentre l'automobile correva verso la città, e mia madre mi guardava piangendo, io guardavo la faccia di mia madre e pensavo che presto sarei morta. Graffiavo le mani di mia madre e gridavo.

Mi nacque un maschio e lo battezzarono subito, perché sembrava che dovesse morire. Ma la mattina dopo stava bene. Io ero debole e avevo la febbre, e m'avevano detto di non allattare. Rimasi all'ospedale un mese dopo nato il bambino. Mio figlio lo tenevano le monache, e gli davano il latte col poppatoio. Me lo portavano di quando in quando, brutto come la fame con la cuffia che aveva ricamato Santa, con certe dita lunghe che muoveva pian piano, e un'aria misteriosa e fissa, come se stesse per scoprire qualcosa.

L'indomani del parto mi venne a trovare mia suocera, e se la prese subito con una monaca perché il bambino era fasciato male. Poi sedette impettita con la borsa in mano, con la sua faccia lunga e contristata, e mi disse che quando aveva partorito lei, aveva sofferto molto piú di me. I medici l'avevano lodata per il suo coraggio. Nonostante il parere dei medici, s'era ostinata a voler allattare. Disse che aveva pianto tutto il giorno perché aveva saputo che io non allattavo. Cercò dentro la borsa il fazzoletto e si asciugò le lagrime.

– È triste quando si nega al bambino il seno della madre, – mi disse. Ma aggiunse che del resto io non avevo un bel petto. Venne a guardarmi sotto la camicia. Con un petto cosí non potevo allattare. Mi venne rabbia e le dissi che volevo dormire, perché ero stanca e mi doleva la testa. Allora domandò se m'ero offesa e mi fece una carezza sul mento, e disse che lei era forse un po' troppo sincera. Tirò fuori una scatola di datteri e me la ficcò sotto il guanciale.

– Chiamami mamma, – disse nell'andarsene.

Quando fu andata via, mangiai a uno a uno tutti i datteri, e riposi la scatola pensando che poteva servire per metterci i guanti. E mi misi a pensare a certi guanti che mi sarei comprata dopo l'ospedale, di pelle bianca con le cuciture nere, come aveva Azalea, e poi tutti i vestiti e i cappelli che volevo farmi, per essere elegante e far dispetto a mia suocera, che avrebbe detto che sciupavo i denari. Ma ero triste perché era venuta mia suocera e adesso certo l'avrei avuta sempre intorno, e perché mi pareva che il bambino assomigliasse a lei. Quando mi portarono il bambino e me lo misero accanto nel letto, mi dissi che le assomigliava davvero e che per questo io non gli volevo bene. Mi faceva tristezza d'aver messo al mondo quel bambino, che aveva il mento lungo di mia suocera, che assomigliava anche a Giulio ma non aveva niente di me. «Se volevo bene a Giulio, anche al bambino gli volevo bene, – pensavo, – ma cosí non posso». Pure nei suoi capelli molli e umidi, nel suo corpo e nel suo respiro, c'era qualcosa che mi attirava e mi restava in mente quando lo portavano via. A lui non importava di sapere se gli volevo bene, e se ero triste o allegra, e di quello che mi volevo comprare e dei pensieri che avevo, e mi faceva pena vedere com'era ancora piccolo e stupido, perché sarebbe stato bello se gli avessi potuto parlare. Starnutí e lo copersi con lo scialle. E ricordai con meraviglia che l'avevo avuto dentro di me, era vissuto sotto il mio vestito per tanto tempo, quando sedevo con la zia in cucina, e quando era venuto il Nini ed avevamo passeggiato insieme. Perché il Nini non si faceva vedere? Ma era meglio che non venisse ancora perché ero troppo debole e stanca, e ogni volta che mi agitavo a parlare mi doleva la testa. E poi avrebbe detto del bambino qualcosa di cattivo.

Giulio veniva sempre da me verso sera, quando le monache pregavano nel corridoio e vicino al mio letto era accesa una piccola lampada sotto un paralume di seta. Quando veniva, io cominciavo subito a lamentarmi che non mi sentivo bene, che mi faceva male tutto il corpo come mi avessero picchiata e pestata, ed era vero, ma mi divertivo a spaventarlo. E poi dicevo che ne avevo abbastanza di stare all'ospedale, e le ore non passavano mai, e gli dicevo che una bella volta scappavo via per andare al cinema. Lui allora si metteva a pregarmi che avessi pazienza, e mi consolava e mi prometteva di portarmi in regalo qualcosa, se non lo facevo disperare. Adesso era tenero con me e mi diceva che avrebbe dato tutto purché fossi contenta, e aveva già preso in affitto un alloggio in città, con l'ascensore e tutto il necessario.

Non era vero che non mi piaceva stare all'ospedale, mi piaceva perché non dovevo far niente, e invece quando me ne fossi andata, mi toccava cullare il bambino e preparargli il latte, e lavargli il sedere ogni momento. Adesso non sapevo neppur bene come si fasciava, e poi mi spaventavo quando urlava, perché diventava viola e pareva che dovesse scoppiare. Ma qualche volta mi veniva rabbia di non potermi alzare e specchiarmi e indossare dei vestiti, e uscir fuori a vedere la città, ora che avevo dei soldi. C'eran dei giorni che non mi riusciva di farmi passare la noia, e allora mi mettevo ad aspettare che venisse qualcuno. Mia madre non veniva quasi mai perché aveva da fare, e poi perché era troppo malvestita per mostrarsi in città. Ora non era piú cosí contenta del mio matrimonio, e si era leticata con Giulio quando gli aveva chiesto in prestito dei soldi e lui le aveva detto di no. Mia madre non gliel'aveva piú perdonata e teneva il muso anche a me.

Un giorno venne Azalea, che era appena tornata dal mare, e aveva il naso spelato e dei sandali. Ma era triste perché col suo amante non andavano piú tanto bene, e lui era geloso pazzo e non voleva che andasse a ballare, e non facevano che bisticciarsi.

– Come va tuo figlio, – mi disse.

Le domandai se voleva vederlo, ma disse che di

bambini ne aveva abbastanza dei suoi, e quando erano ancora tanto piccoli le facevano senso.

– Con tuo marito come va, – mi disse. – Hai fatto bene a non dargliela vinta perché se ti metteva da sua madre, stavi fresca e non vedevi piú un soldo. Bisogna sempre fare quello che si vuole con gli uomini, perché se ci si mostra tanto stupide, ti tolgono anche l'aria che respiri.

Il giorno dopo mi portò la sua sarta, per quanto le avessi spiegato che non si poteva ancora prendermi le misure, perché non mi dovevo muovere dal letto. Ma Azalea mi assicurò che la sarta era venuta semplicemente a conoscermi e a parlarmi di quello che si usava. Poi cominciò ad insistere perché mi alzassi, che tanto ormai non avevo piú niente, e stavo molto meglio di lei.

Quando mi alzai per la prima volta e infilai una vestaglia rosa col cigno che aveva pensato Azalea, mi sentii felice, e camminando adagio adagio con Giulio nel corridoio dell'ospedale, guardavo fuori dalle alte finestre che si aprivano sul corso. Poteva anche darsi che il Nini passasse di lí. Mi sedevo davanti alle finestre e guardavo se lo vedevo passare, perché l'avrei chiamato e gli avrei detto che doveva venire a trovarmi, e avremmo cominciato a bisticciare e a discutere insieme. Adesso certo non mi voleva piú bene, dopo che era passato tanto tempo, e anche se mi voleva bene ancora non era giusto non vedersi piú. Ma non lo vedevo passare e mi veniva malinconia, e leticavo con le monache perché volevano che ritornassi a letto.

La verità me la disse Giovanni, quando venne con una trombettina da regalare al bambino, come se già avesse potuto suonarla. Teneva in mano una cartella di cuoio e raccontò che adesso lavorava con un commerciante in tessuti, e viaggiava per offrire le stoffe. Ma aveva un'aria fiacca e spaventata come se fosse uscito da qualche brutta storia, e parlava agitando le braccia, senza guardarmi come se mi nascondesse qualcosa. «Antonietta l'avrà lasciato», pensai. Gli domandai cosa gli era successo.

– Niente, – rispose. Ma intanto seguitava a camminare scuotendo le mani, e a un tratto si fermò davanti al muro voltandomi la schiena. – Il Nini – disse, – è morto.

Misi giú il bambino che tenevo in collo.

– Sí, è morto, – disse, e cominciò a piangere, e io caddi seduta senza forza, col respiro che mi mancava. Allora si calmò a poco a poco e si asciugò la faccia, e disse che gli avevano detto che io non lo dovevo sapere, perché non stavo ancora tanto bene, ma eran già tanti giorni che era morto. Di una polmonite era morto. Invece Antonietta diceva che era colpa mia. Diceva che io ero troppo cattiva di cuore, perché il Nini era innamorato di me già da un pezzo, già da quando stava ancora con lei, e io l'avevo cosí tormentato e lo cercavo sempre, anche quando sapevo che ero incinta e mi dovevo sposare. Allora aveva perso la testa e s'era messo a vivere da disperato, in quella stanza che sembrava un cesso, senza mai né dormire né mangiare e ubriacandosi sempre. Antonietta diceva che se un giorno per caso m'incontrava, mi svergognava davanti alla gente. Ma Giovanni mi disse che non c'era niente di vero, perché il Nini era uno troppo freddo, che non s'interessava delle donne e gli premeva soltanto di bere. Lui quando l'aveva trovato che farneticava sul letto, credeva che fosse ubriaco e gli aveva rovesciato addosso la brocca dell'acqua, e Antonietta diceva che questo l'aveva fatto ammalare di piú. Perché Giovanni poi se n'era andato a chiamare Antonietta, e Antonietta aveva detto subito che sembrava la polmonite. Avevano cercato un dottore e per tre giorni Antonietta gli aveva fatto le pappe sulla schiena, come aveva comandato il dottore, e aveva ripulito la camera e aveva portato delle coperte da casa sua. Ma lui soffiava forte col respiro e non smetteva di farneticare, e voleva buttarsi giú dal letto e bisognava tenerlo per forza, fino a quando era morto.

La sera quando venne Giulio mi trovò che piangevo, piangevo e camminavo per la camera, e non volevo rimettermi a letto. Sul tavolo c'era la cena che m'aveva portato la monaca, la minestra già fredda nel piatto, che io non avevo toccato.

– Cos'è successo? – disse.

– È morto il Nini, – gli dissi, – me l'ha detto Giovanni.

– Maiale d'un Giovanni, – disse, – quando lo incontro gli spacco la faccia.

Mi prese il polso e disse che avevo la febbre, e mi pregò di ritornare a letto. Ma io non rispondevo e continuavo a piangere, e mi disse che aveva vergogna che dovessero vedermi le monache, mezza nuda com'ero, con la vestaglia tutta aperta davanti, e se volevo prendere la polmonite anch'io e andare all'altro mondo come il Nini. Era offeso e telefonò che venisse Azalea, e si mise a leggere il giornale senza piú guardarmi.

Venne Azalea e gli disse di andare al ristorante a mangiare, e allora se ne andò e disse che ci lasciava sole coi nostri segreti, perché tanto lui non contava, e non c'era bisogno di lui.

– È geloso, – disse Azalea quando fu andato via, – sono tutti gelosi.

– Il Nini è morto, – le dissi.

– Non è una novità, – mi disse, – è morto. Anch'io ho pianto quando l'hanno detto. Poi ho pensato che era meglio per lui. Succedesse presto anche a me. Ne ho abbastanza di vivere.

– Sono io che l'ho fatto morire, – le dissi.

– Tu?

– Perché mi voleva bene, – le dissi, – e io lo tormentavo e mi piaceva vederlo soffrire, finché s'è messo a bere piú di prima, e a stare sempre solo nella stanza, e non gl'importava piú di niente, dopo che aveva saputo che mi sposavo.

Ma Azalea mi guardò senza credermi e mi disse come con dispetto:

– Quando uno muore ci si mette sempre in testa qualcosa. Lui è morto perché s'era ammalato, e tu non ne puoi niente ed è inutile che adesso ci ricami sopra cosí. Di te non gl'importava niente, perché diceva sempre che eri sciocca e non sapevi resistere agli uomini, e che gli facevi pietà.

– Mi voleva bene, – le dissi, – mi portava sempre in riva al fiume a parlare. Mi leggeva i suoi libri e mi spiegava quello che volevano dire. M'ha baciato una volta. E anch'io gli volevo bene. Ma questo non lo capivo e credevo che mi piacesse divertirmi con lui.

– È inutile che ora tu ti metta a sognare sul Nini, – mi disse, – il Nini o un altro è lo stesso. Pur di avere qualcuno, perché la vita è troppo malinconica per una donna, se ci si trova sole. Il Nini era un po' meno stupido degli altri, è vero, e poi aveva gli occhi luccicanti, che sembra ancora di sentirseli addosso, ma dopo un po' diventava noioso, e non si capiva mai cosa pensava. Io non mi meraviglio che sia morto, mezzo marcio di grappa com'era, che è strano che non se ne sia andato prima.

Giulio tornò e Azalea scappò via, perché era tardi e il marito rientrava, e Ottavia aveva il mal di denti e non poteva cucinare.

La notte io mi sognai che il Nini era venuto all'ospedale, di nascosto aveva preso il bambino ed era ritornato via, ma gli correvo dietro e gli chiedevo dove aveva messo il bambino, e lui lo tirava fuori dalla giacca, ma il bambino era diventato piccolo piccolo, piccolo come una mela, e a un tratto il Nini scappò su per una scala, e c'era anche Giovanni e io chiamavo ma nessuno mi rispondeva.

Mi svegliai tutta affannata e sudata e vidi Giulio vicino al mio letto, perché era già mattina e lui era venuto presto per vedere come mi sentivo. Gli dissi che avevo sognato che il Nini rubava il bambino.

– No, non l'hanno rubato, – mi disse, – è là che dorme e non aver paura, che nessuno te lo viene a rubare.

Ma io continuavo a ripetergli che il Nini me l'ero visto davanti come fosse stato vivo, e m'aveva toccato e parlato, e singhiozzavo e m'agitavo sul letto. Mi disse d'imparare a dominarmi e di non essere tanto nervosa.

Pochi giorni dopo lasciai l'ospedale ed entrai nella mia nuova casa. E cominciò per me un'altra vita, una vita dove non c'era piú il Nini, che era morto e non dovevo pensarci perché non serviva, e dove c'era invece il bambino, Giulio, la casa coi nuovi mobili e le tende e le lampade, la serva che aveva scovato mia suocera, e mia suocera che veniva ogni tanto. Del bambino si occupava la serva e io dormivo fino a tardi al mattino, nel grande letto matrimoniale, con la coperta di velluto arancione, col tappetino in terra per posarci i piedi, col campanello per chiamare la serva. Mi alzavo e passeggiavo per la casa in vestaglia, e ammiravo i mobili e le stanze, spazzolandomi adagio adagio i capelli e bevendo il caffè. Ripensavo alla casa di mia madre, con la cacca dei polli dappertutto, con le macchie d'umido sui muri, con delle bandierine di carta legate alla lampada, nella stanza da pranzo. Esisteva ancora quella casa? Azalea diceva che dovevamo andarci un giorno insieme, ma io non avevo voglia di andarci perché mi vergognavo di pensare che una volta vivevo là dentro, e poi m'avrebbe fatto dolore rivedere la camera di Giovanni, dove dormiva anche il Nini nel tempo che si stava tutti insieme. Quando uscivo in città mi tenevo lontana dal fiume, e cercavo le strade piú affollate perché la gente potesse vedermi, com'ero adesso coi vestiti nuovi e la bocca dipinta. Mi sentivo adesso cosí bella, che non mi stancavo mai di specchiarmi, e mi pareva che nessuna donna fosse stata mai tanto bella.

Quando veniva mia suocera, si chiudeva in cucina con la serva e la interrogava su di me, e io mettevo l'orecchio alla porta e ascoltavo. La serva diceva che non volevo bene al bambino e non andavo mai a prenderlo quando piangeva, non chiedevo neppure se aveva mangiato, ed era lei che doveva far tutto, accudire al bambino e cucinare e lavare, perché io ero sempre a passeggio o mi specchiavo o dormivo, e non sapevo fare nemmeno un cucchiaio di brodo. Mia suocera andava a lamentarsi con Giulio, ma lui diceva che non era vero, e che io adoravo il bambino e me lo vedeva sempre in collo, e se uscivo qualche volta a passeggio non c'era niente di male, perché ero giovane e dovevo distrarmi, ed era lui che mi diceva di uscire. Giulio era adesso cosí innamorato di me che non gl'importava piú di sua madre né di nessun altro, e la madre gli diceva sempre che s'era fatto stupido e non vedeva piú la verità, e che se un giorno io gli mettevo i corni, avrebbe avuto quello che si meritava. Ma a me invece non diceva niente, perché io le facevo paura, e mi parlava sempre sorridendo e m'invitava a venirla a trovare, senza piú osare d'aprirmi i cassetti dopo che io le avevo detto d'impicciarsi degli affari suoi.

«Quando il bambino sarà piú grande, – pensavo, – ci sarà piú gusto con lui, quando correrà in triciclo per la casa, quando gli dovrò comprare i giocattoli e le caramelle». Ma ora era sempre lo stesso, ogni volta che lo guardavo, con la sua grossa testa posata sul cuscino della culla, e dopo un po' mi veniva la rabbia e me ne andavo via. Non mi sembrava vero di uscire e vedermi davanti la città, senza aver camminato tanto tempo sulla strada piena di polvere e di carri, senza arrivarci spettinata e stanca, col dispiacere di doverla lasciare appena buio quando interessava di piú. M'incontravo con Azalea e ci si andava a sedere al caffè. A poco a poco io cominciai a vivere come Azalea. Passavo le giornate a letto e verso sera mi alzavo, mi dipingevo il viso e uscivo fuori, con la volpe buttata sulla spalla. Camminando mi guardavo intorno e sorridevo con impertinenza, come faceva sempre Azalea.

Una volta, mentre ritornavo a casa, incontrai Antonietta e Giovanni. Si tenevano abbracciati e camminavano chinando le spalle, perché pioveva e loro non avevano l'ombrello. – Buongiorno, – dissi. Andammo insieme al caffè. Io m'aspettavo che Antonietta da un momento all'altro mi saltasse addosso, e mi graffiasse con le sue unghie lucide e appuntite, che doveva passare le giornate a lavorarsele, per quanto non ne valesse la pena, brutta e vecchia com'era diventata. Invece non aveva l'aria di volermi graffiare, pareva quasi che avesse paura di quello che avrei detto di lei, e nascondeva i piedi sotto la poltrona, quando vedeva che glieli guardavo. Disse che aveva visto il mio bambino nella carrozzella, mentre era fuori ai giardini, ed avrebbe voluto avvicinarsi per dargli un bacino, ma non aveva osato per via della serva.

– Felice te che hai la serva, – mi disse, – io devo fare tutto da me. Però non ho molto da fare perché non c'è uomini in casa, sono sola io coi ragazzi.

Dopo aver detto questo arrossí, le vennero delle

chiazze sul collo, e restammo in silenzio a guardarci, con in testa lo stesso pensiero. Ma lei ricominciò a domandarmi del bambino e di mio marito, e se andavo a ballare e facevo una vita divertente.

– A casa non ci vieni, – mi disse Giovanni. E disse che a casa era sempre la solita storia, e felice chi aveva tagliato la corda. Mi chiese del denaro in prestito, perché era vero che lui lavorava, ma poi a casa gli levavano tutto ed era sempre con le tasche vuote.

M'accompagnarono fino al portone e là mi dissero addio, e mentre io mi spogliavo nella mia camera, pensavo a Giovanni che forse adesso attraversava il ponte e se ne andava a casa per la strada buia, perché con Antonietta non voleva stare, se no c'era anche il caso che dovesse sposarla. Non avevamo detto niente del Nini, in tutto il tempo che eravamo stati insieme al caffè, come se avessimo dimenticato che anche a lui una volta piaceva sedersi al caffè, a fumare e a parlare, buttato di traverso sulla seggiola con le dita nel ciuffo e il mento alzato. Ma diventava sempre piú difficile pensare a lui, alla faccia che aveva e alle cose che diceva sempre, e mi sembrava già cosí lontano che metteva paura pensarci, perché i morti mettono paura.

Indice

p. v *Introduzione* di Cesare Garboli
ix *Prefazione* di Natalia Ginzburg
xiii *Cronologia della vita e delle opere*

1 La strada che va in città

*Stampato per conto della Casa editrice Einaudi
presso Mondadori Printing S.p.A., Stabilimento N.S.M., Cles (Trento)*

C.L. 18423

Edizione							Anno			
5	6	7	8	9	10		2011	2012	2013	2014

Einaudi Tascabili

Ultimi volumi pubblicati:

386 L. Romano, *Le parole tra noi leggere* (4ª ed.).
387 Fenoglio, *La paga del sabato* (2ª ed.).
388 Maupassant, *Racconti di vita parigina* (2ª ed.).
389 aa.vv., *Fantasmi di Terra, Aria, Fuoco e Acqua*. A cura di Malcolm Skey.
390 Queneau, *Pierrot amico mio*.
391 Magris, *Il mito absburgico* (3ª ed.).
392 Briggs, *Fiabe popolari inglesi*.
393 Bulgakov, *Il Maestro e Margherita* (6ª ed.).
394 A. Gobetti, *Diario partigiano*.
395 De Felice, *Mussolini l'alleato 1940-43*
    I. *Dalla guerra «breve» alla guerra lunga*.
396 De Felice, *Mussolini l'alleato 1940-43*
    II. *Crisi e agonia del regime*.
397 James, *Racconti italiani*.
398 Lane, *I mercanti di Venezia* (2ª ed.).
399 McEwan, *Primo amore, ultimi riti. Fra le lenzuola e altri racconti* (3ª ed.).
400 aa.vv., *Gioventú cannibale* (Stile libero) (6ª ed.).
401 Verga, *I Malavoglia*.
402 O'Connor, *I veri credenti* (Stile libero) (4ª ed.).
403 Mutis, *La Neve dell'Ammiraglio* (2ª ed.).
404 De Carlo, *Treno di panna* (6ª ed.).
405 Mutis, *Ilona arriva con la pioggia* (2ª ed.).
406 Rigoni Stern, *Arboreto salvatico* (3ª ed.).
407 Poe, *I racconti*. Vol. I (Serie Scrittori tradotti da scrittori).
408 Poe, *I racconti*. Vol. II (Serie Scrittori tradotti da scrittori).
409 Poe, *I racconti*. Vol. III (Serie Scrittori tradotti da scrittori).
410 Pinter, *Teatro*. Vol. II (2ª ed.).
411 Grahame, *Il vento nei salici*.
412 Ghosh, *Le linee d'ombra*.
413 Vojnovič, *Vita e straordingrie avventure del soldato Ivan Conkin*.
414 Cerami, *La lepre*.
415 Cantarella, *I monaci di Cluny* (3ª ed.).
416 Auster, *Moon Palace* (3ª ed.).
417 Antelme, *La specie umana*.
418 Yehoshua, *Cinque stagioni* (4ª ed.).
419 Mutis, *Un bel morir*.
420 Fenoglio, *La malora* (4ª ed.).
421 Gawronski, *Guida al volontariato* (Stile libero).
422 Banks, *La legge di Bone*.
423 Kafka, *Punizioni* (Serie bilingue).
424 Melville, *Benito Cereno* (Serie bilingue).
425 P. Levi, *La tregua* (8ª ed.).
426 Revelli, *Il mondo dei vinti*.
427 aa.vv., *Saggezza stellare* (Stile libero).
428 McEwan, *Cortesie per gli ospiti* (4ª ed.).
429 Grasso, *Il bastardo di Mautàna*.
430 Soriano, *Pensare con i piedi* (3ª ed.).
431 Ben Jelloun, *Le pareti della solitudine*.
432 Albertino, *Benissimo!* (Stile libero).
433 *Il libro delle preghiere* (5ª ed.).
434 Malamud, *Uomo di Kiev*.
435 Saramago, *La zattera di pietra* (4ª ed.).
436 N. Ginzburg, *La città e la casa* (2ª ed.).
437 De Carlo, *Uccelli da gabbia e da voliera* (6ª ed.).
438 Cooper, *Frisk* (Stile libero) (3ª ed.).
439 Barnes, *Una storia del mondo in 10 capitoli e ½* (2ª ed.).
440 Mo Yan, *Sorgo rosso*.
441 Catullo, *Le poesie* (2ª ed.).
442 Rigoni Stern, *Le stagioni di Giacomo* (2ª ed.).

443 Mancinelli, *I casi del capitano Flores. Il mistero della sedia a rotelle* (2ª ed.).

444 Ammaniti, *Branchie* (Stile libero) (5ª ed.).

445 Lodoli, *Diario di un millennio che fugge*.

446 McCarthy, *Oltre il confine* (3ª ed.).

447 Gardiner, *La civiltà egizia* (2ª ed.).

448 Voltaire, *Zadig* (Serie bilingue).

449 Poe, *The Fall of the House of Usher and other Tales* (Serie bilingue).

450 Arena, Decaro, Troisi, *La smorfia* (Stile libero).

451 Rosselli, *Socialismo liberale*.

452 Byatt, *Tre storie fantastiche*.

453 Dostoevskij, *L'adolescente*.

454 Carver, *Il mestiere di scrivere* (Stile libero) (4ª ed.).

455 Ellis, *Le regole dell'attrazione* (2ª ed.).

456 Loy, *La bicicletta*.

457 Lucarelli, *Almost Blue* (Stile libero) (9ª ed.).

458 Pavese, *Il diavolo sulle colline* (2ª ed.).

459 Hume, *Dialoghi sulla religione naturale*.

460 *Le mille e una notte*. Edizione a cura di Francesco Gabrieli (4 volumi in cofanetto).

461 Arguedas, *I fiumi profondi*.

462 Queneau, *La domenica della vita*.

463 Leonzio, *Il volo magico*.

464 Pazienza, *Paz* (Stile libero) (5ª ed.).

465 Musil, *L'uomo senza qualità* (2 v.) (3ª ed.).

466 Dick, *Cronache del dopobomba* (Vertigo).

467 Royle, *Smembramenti* (Vertigo).

468 Skipp-Spector, *In fondo al tunnel* (Vertigo).

469 McDonald, *Forbici vince carta vince pietra* (Vertigo).

470 Maupassant, *Racconti di vita militare*.

471 P. Levi, *La ricerca delle radici*.

472 Davidson, *La civiltà africana*.

473 Duras, *Il pomeriggio del signor Andesmas. Alle dieci e mezzo di sera, d'estate*.

474 Vargas Llosa, *La Casa Verde*.

475 Grass, *La Ratta*.

476 Yu Hua, *Torture* (Stile libero).

477 Vinci, *Dei bambini non si sa niente* (Stile libero) (5ª ed.).

478 Bobbio, *L'età dei diritti*.

479 Cortázar, *Storie di cronopios e di famas*.

480 Revelli, *Il disperso di Marburg*.

481 Faulkner, *L'urlo e il furore* (2ª ed.).

482 McCoy, *Un bacio e addio* (Vertigo).

483 Cerami, *Fattacci* (Stile libero).

484 Dickens, *Da leggersi all'imbrunire* (2ª ed.).

485 Auster, *L'invenzione della solitudine* (3ª ed.).

486 Nove, *Puerto Plata Market* (Stile libero) (3ª ed.).

487 Fo, *Mistero buffo* (Stile libero) (3ª ed.).

488 Höss, *Comandante ad Auschwitz* (3ª ed.).

489 Amado, *Terre del finimondo* (2ª ed.).

490 Benigni-Cerami, *La vita è bella* (Stile libero) (3ª ed.).

491 *Lunario dei giorni di quiete*. A cura di Guido Davico Bonino (4ª ed.).

492 Fo, *Manuale minimo dell'attore* (Stile libero).

493 O'Connor, *Cowboys & Indians* (Stile libero).

494 *L'agenda di Mr Bean* (Stile libero).

495 P. Levi, *L'altrui mestiere*.

496 Manchette, *Posizione di tiro* (Vertigo).

497 Rucher, *Su e giú per lo spazio* (Vertigo).

498 Vargas Llosa, *La città e i cani*.

499 Zoderer, *L'«italiana»*.

500 Pavese, *Le poesie* (2ª ed.).

501 Goethe, *I dolori del giovane Werther*.

502 Yehoshua, *Un divorzio tardivo* (4ª ed.).

503 Vassalli, *Cuore di pietra*.

504 Lucarelli, *Il giorno del lupo* (Stile libero) (4ª ed.).

505 *Quel che ho da dirvi. Autoritratto delle ragazze e dei ragazzi italiani*. A cura di Caliceti e Mozzi (Stile libero).

506 Dickens, *Grandi speranze*.
507 Boncinelli, *I nostri geni* (2ª ed.).
508 Brecht, *I capolavori* (2 volumi).
509 Mancinelli, *I casi del capitano Flores. Killer presunto*.
510 Auster, *Trilogia di New York* (5ª ed.).
511 Saramago, *Cecità* (5ª ed.).
512 Dumas, *I tre moschettieri*.
513 Borges, *Elogio dell'ombra*.
514 Womak, *Futuro zero* (Vertigo).
515 Landsale, *La notte del drive-in* (Vertigo).
516 Fo, *Marino libero! Marino è innocente* (Stile libero).
517 Rigoni Stern, *Uomini, boschi e api* (3ª ed.).
518 Acitelli, *La solitudine dell'ala destra* (Stile libero).
519 Merini, *Fiore di poesia* (3ª ed.).
520 Borges, *Manuale di zoologia fantastica*.
521 Neruda, *Confesso che ho vissuto* (2ª ed.).
522 Stein, *La civiltà tibetana* (2ª ed.).
523 Albanese, Santin, Serra, Solari, *Giú al Nord* (Stile libero).
524 Ovidio, *Versi e precetti d'amore*.
525 Amado, *Cacao* (2ª ed.).
526 Queneau, *Troppo buoni con le donne* (2ª ed.).
527 Pisón, *Strade secondarie* (Stile libero).
528 Maupassant, *Racconti di provincia*.
529 Pavese, *La bella estate* (4ª ed.).
530 Ben Jelloun, *Lo specchio delle falene*.
531 Stancanelli, *Benzina* (Stile libero) (2ª ed.).
532 Ellin, *Specchio delle mie brame* (Vertigo).
533 Marx, *Manifesto del Partito Comunista* (3ª ed.).
534 Del Giudice, *Atlante occidentale*.
535 Soriano, *Fútbol* (4ª ed.).
536 De Beauvoir, *A conti fatti*.
537 Vargas Llosa, *Lettere a un aspirante romanziere* (Stile libero).
538 aa.vv., *Schermi dell'incubo* (Vertigo).
539 Nove, *Superwoobinda* (Stile libero) (2ª ed.).
540 Revelli, *L'anello forte*.
541 Lermontov, *L'eroe del nostro tempo* (Serie bilingue).
542 Behn, *Oroonoko* (Serie bilingue).
543 McCarthy, *Meridiano di sangue*.
544 Proust, *La strada di Swann*.
545 Vassalli, *L'oro del mondo*.
546 Defoe, *Robinson Crusoe* (2ª ed.).
547 Madieri, *Verde acqua. La radura*.
548 Amis, *Treno di notte*.
549 Magnus, *Lo sconosciuto* (Stile libero) (2ª ed.).
550 aa.vv., *Acidi scozzesi* (Stile libero).
551 Romano, *Tetto murato*.
552 Frank, *Diario. Edizione integrale*. (4ª ed.).
553 Pavese, *Tra donne sole* (2ª ed.).
554 Banks, *Il dolce domani*.
555 Roncaglia, *Il jazz e il suo mondo*.
556 Turgenev, *Padri e figli*.
557 Mollica, *Romanzetto esci dal mio petto*.
558 Metraux, *Gli Inca*.
559 Zohar. *Il libro dello splendore*.
560 Auster, *Mr Vertigo*.
561 De Felice, *Mussolini l'alleato 1943-45*. II. *La guerra civile*.
562 Robbe-Grillet, *La gelosia*.
563 Metter, *Ritratto di un secolo*.
564 Vargas Llosa, *Conversazione nella «Catedral»*.
565 Wallace, *La ragazza con i capelli strani* (Stile libero) (3ª ed.).
566 Enzensberger, *Il mago dei numeri* (4ª ed.).
567 Roth, *Operazione Shylock*.
568 Barnes, *Amore, ecc*.
569 Zolla, *Il dio dell'ebbrezza* (Stile libero).
570 Evangelisti, *Metallo urlante* (Vertigo).
571 Manchette, *Fatale* (Vertigo).
572 De Filippo, *Cantata dei giorni pari*.

573 *Sfiga all'OK-Corral*. A cura di Stefano Bartezzaghi (Stile libero) (2ª ed.).
574 *Spettri da ridere*. A cura di Malcolm Skey.
575 Yehoshua, *Ritorno dall'India* (3ª ed.).
576 *Lunario dei giorni d'amore*. A cura di Guido Davico Bonino (3ª ed.).
577 Ricci, *Striscia la tivú* (Stile libero).
578 Ginzburg, *Le piccole virtú* (3ª ed.).
579 Hugo, *I miserabili* (2 volumi).
580 *I fioretti di san Francesco*.
581 Ovadia, *L'ebreo che ride* (Stile libero) (5ª ed.).
582 Pirro, *Soltanto un nome sui titoli di testa*.
583 Labranca, *Cialtron Hescon* (Stile libero).
584 Burton, *La morte malinconica del bambino ostrica e altre storie* (Stile libero) (3ª ed.).
585 Dickens, *Tempi difficili*.
586 *Letteratura e poesia dell'antico Egitto*. A cura di Edda Bresciani.
587 Mancinelli, *I casi del capitano Flores. Persecuzione infernale*.
588 Vinci, *In tutti i sensi come l'amore* (Stile libero) (3ª ed.).
589 Baudelaire, *I fiori del male e altre poesie* (Poesia) (2ª ed.).
590 Vacca, *Consigli a un giovane manager* (Stile libero).
591 Amado, *Sudore*.
592 Desai, *Notte e nebbia a Bombay*.
593 Fortunato, *Amore, romanzi e altre scoperte*.
594 Mattotti e Piersanti, *Stigmate* (Stile libero).
595 Keown, *Buddhismo*.
596 Solomon, *Ebraismo*.
597 Blissett, *Q* (Stile libero) (4ª ed.).
598 Solženicyn, *Una giornata di Ivan Denisovič. La casa di Matrjona. Alla stazione*.
599 Conrad, *Vittoria*.
600 Pavese, *Dialoghi con Leucò* (2ª ed.).
601 Mozzi, *Fantasmi e fughe* (Stile libero).
602 Hilberg, *La distruzione degli Ebrei d'Europa*. Nuova edizione riveduta e ampliata (2 voll.).
603 Fois, *Ferro recente*.
604 Borges-Casares, *Cronache di Bustos Domecq*.
605 Nora K. - Hösle, *Aristotele e il dinosauro. La filosofia spiegata a una ragazzina* (Stile libero) (2ª ed.).
606 Merini, *Favole Orazioni Salmi*.
607 Lane Fox, *Alessandro Magno* (2ª ed.).
608 Stuart, *Zona di guerra* (Stile libero).
609 Márquez, *Cronaca di una morte annunciata*.
610 Hemingway, *I quarantanove racconti*.
611 Dostoesvkij, *Il giocatore* (2ª ed.).
612 Zaimoglu, *Schiuma* (Stile libero).
613 DeLillo, *Rumore bianco* (2ª ed.).
614 Dick, *In terra ostile* (Vertigo).
615 Lucarelli, *Mistero blu* (Stile libero) (2ª ed.).
616 Nesse-Williams, *Perché ci ammaliamo* (Grandi Tascabili).
617 Lavie, *Il meraviglioso mondo del sonno* (Grandi Tascabili).
618 Naouri, *Le figlie e le loro madri* (Grandi Tascabili).
619 Boccadoro, *Musica Cœlestis* (Stile libero con CD).
620 Bevilacqua, *Beat & Be bop* (Stile libero con CD).
621 Hrabal, *Una solitudine troppo rumorosa* (2ª ed.).
622 McEwan, *L'amore fatale* (4ª ed.).
623 James, *Daisy Miller* (Serie bilingue).
624 Conrad, *Cuore di tenebra* (Serie bilingue) (2ª ed.).
625 Marìas, *Un cuore cosí bianco* (2ª ed.).
626 Burgess, *Trilogia malese*.

627 Saramago, *Viaggio in Portogallo* (3ª ed.).
628 Romano, *Inseparabile*.
629 Ginzburg, *Lessico famigliare* (3ª ed.).
630 Bassani, *Il giardino dei Finzi-Contini* (3ª ed.).
631 Auster, *Mr Vertigo* (3ª ed.).
632 Brautigan, *102 racconti zen* (Stile libero) (2ª ed.).
633 Goethe, *Cento poesie* (Poesia).
634 McCarthy, *Il buio fuori*.
635 Despentes, *Scopami* (Stile libero).
636 Denti, *Lasciamoli leggere*.
637 *Passione fatale*. A cura di Guido Davico Bonino (2ª ed.).
638 Roth, *Il teatro di Sabbath*.
639 Battisti, *L'orma rossa* (Vertigo).
640 Moncure March e Spiegelman, *The Wild Party* (Stile libero).
641 Šalamov, *Racconti* (2 voll.).
642 Beauvoir (de), *Una donna spezzata* (2ª ed.).
643 San Paolo, *Le lettere*.
644 Rigoni Stern, *Sentieri sotto la neve*.
645 Borges, *Evaristo Carriego*.
646 D'Arzo, *Casa d'altri e altri racconti*.
647 Grass, *Il Rombo*.
648 Raphael, *Eyes Wide Open* (Stile libero).
649 aa.vv., *Sepolto vivo*.
650 Benigni-Cerami, *La vita è bella* (Stile libero con videocassetta).
651 Odifreddi, *Il Vangelo secondo la Scienza* (6ª ed.).
652 Ruthven, *Islām*.
653 Knott, *Induismo*.
654 De Carlo, *Due di due* (4ª ed.).
655 Bunker, *Cane mangia cane* (Stile libero).
656 Olievenstein, *Nascita della vecchiaia* (Grandi Tascabili).
657 Thomas, *Ritratto dell'artista da cucciolo*.
658 Beckett, *Le poesie* (Poesia).
659 Paolini - Ponte Di Pino, *Quaderno del Vajont* (Stile libero con videocassetta) (5ª ed.).
660 Magris, *L'anello di Clarisse*.
661 Stendhal, *Armance*.
662 Albanese, *Giú al Nord* (Stile libero con videocassetta).
663 Lodoli, *Fuori dal cinema*.
664 Melville, *Clarel*.
665 Englander, *Per alleviare insopportabili impulsi* (3ª ed.).
666 Richardson, *Che cos'è l'intelligenza* (Grandi Tascabili).
667 Wieviorka, *Auschwitz spiegato a mia figlia* (3ª ed.).
668 *Lunario di fine millennio*. A cura di Guido Davico Bonino.
669 Amado, *I padroni della terra*.
670 *Poesie di Dio*. A cura di Enzo Bianchi (2ª ed.).
671 Wall, *Perché proviamo dolore* (Grandi Tascabili).
672 Le Goff, *San Luigi*.
673 *Mistica ebraica*. A cura di Giulio Busi ed Elena Loewenthal (2ª ed.).
674 Byatt, *La Torre di Babele*.
675 *I libri della Bibbia*. *Esodo*.
676 *I libri della Bibbia*. *Vangelo secondo Luca*.
677 *I libri della Bibbia*. *Cantico dei Cantici* (2ª ed.).
678 Grossman, *Vedi alla voce: amore*.
679 Lennon, *Vero amore* (Stile libero).
680 *Antologia della poesia italiana. Duecento*. Diretta da C. Segre e C. Ossola.
681 *Antologia della poesia italiana. Trecento*. Diretta da C. Segre e C. Ossola
682 Cerami-Piovani, *Canti di scena* (Stile libero con CD).
683 De Simone, *La gatta Cenerentola* (Stile libero con video) (2ª ed.).
684 Fo, *Lu Santo Jullare Françesco*. A cura di Franca Rame (Stile libero con video) (2ª ed.).
685 De André, *Parole e canzoni* (Stile libero con videocassetta).
686 Garboli, *Trenta poesie famigliari di Giovanni Pascoli*.

687 Yehoshua, *Viaggio alla fine del millennio* (2ª ed.).
688 Fortunato, *L'arte di perdere peso*.
689 Estep, *Diario di un'idiota emotiva* (Stile libero).
690 Mollica, *Fellini. Parole e disegni* (Stile libero).
691 Gras-Rouillard-Teixidor, *L'universo fenicio*.
692 Marías, *Domani nella battaglia pensa a me*.
693 Hirigoyen, *Molestie morali* (Grandi Tascabili).
694 De Cataldo, *Teneri assassini* (Stile libero).
695 Blisset, *Totò, Peppino e la guerra psichica. Mind invaders* (Stile libero).
696 Wilde, *Il ritratto di Dorian Gray*.
697 Cantoni-Ovadia, *Ballata di fine millennio* (Stile libero con CD).
698 Desai, *In custodia*.
699 Fenoglio, *Un giorno di fuoco*.
700 Muhammad Ali, *Quando eravamo re* (Stile libero con videocassetta).
701 *Il libro di David Rubinowicz*.
702 *I libri della Bibbia. Genesi*.
703 *I libri della Bibbia. Lettera ai romani*.
704 Nori, *Bassotuba non c'è* (Stile libero) (2ª ed.).
705 Almodóvar, *Tutto su mia madre* (Stile libero).
706 Vassalli, *3012. L'anno del profeta*.
707 Svevo, *Una vita*.
708 McEwan, *Amsterdam*.
709 Lobo Antunes, *In culo al mondo*.
710 *Io, Pierre Rivière*. A cura di Michel Foucault.
711 Wallace, *Brevi interviste con uomini schifosi* (Stile libero).
712 Lussu, *Un anno sull'Altipiano* (2ª ed.).
713 Keshavjee, *Il Re, il Saggio e il Buffone*.
714 Scarpa, *Cos'è questo fracasso* (Stile libero).
715 Roth, *Lamento di Portnoy*.
716 Pavese, *Il mestiere di vivere*.
717 Maupassant, *Boule de suif* (Serie bilingue).
718 Rea, *L'ultima lezione*.
719 Pacoda, *Hip Hop italiano* (Stile libero con CD).
720 Eldredge, *La vita in bilico* (Grandi Tascabili).
721 Ragazzoni, *Buchi nella sabbia e pagine invisibili. Poesie e prose*.
722 Beccaria, *I nomi del mondo*.
723 Onofri, *Registro di classe* (Stile libero).
724 Blisset, *Q* (Stile libero) (2ª ed.).
725 Kristof, *Trilogia della città di K*.
726 Lucarelli, *Guernica* (Stile libero).
727 Manchette, *Nada* (Stile libero).
728 Coetzee, *Aspettando i barbari*.
729 Clausewitz, *Della guerra*.
730 Boncinelli, *Le forme della vita* (Grandi Tascabili).
731 Del Giudice, *Staccando l'ombra da terra*.
732 *I libri della Bibbia. Vangelo secondo Matteo*.
733 *I libri della Bibbia. Qohélet o l'Ecclesiaste*.
734 Bevilacqua, *La polvere sull'erba*.
735 Nietzsche, *Le poesie*.
736 Rigoni, *Notturno bus* (Stile libero).
737 Adinolfi, *Mondo exotico* (Stile libero).
738 De Carlo, *Macno*.
739 Landi, *Manuale per l'allevamento del piccolo consumatore* (Stile libero).
740 Fois, *Meglio morti*.
741 Angot, *L'incesto* (Stile libero).
742 Pavese, *Il mestiere di vivere*.
743 DeLillo, *Underwold*.
744 Orengo, *Spiaggia, sdraio e solleone* (Stile libero).
745 Rogers, *Sesso e cervello* (Grandi Tascabili).
746 Pavese, *La luna e i falò*.
747 Salgari, *Il corsaro nero*.

748 Maraini, *La vacanza*.
749 Thiess, *Tsushima*.
750 Mancinelli, *Attentato alla Sindone*.
751 Blady-Roversi, *Turisti per caso* (Stile libero).
752 *Antologia della poesia italiana. Quattrocento*. Diretta da Cesare Segre e Carlo Ossola.
753 Miller, *Slob* (Stile libero).
754 Gončarov, *Oblomov*.
755 Testa, *Montale* (Stile libero con videocassetta).
756 Lodoli, *Cani e lupi*.
757 Vargas Llosa, *I quaderni di Don Rigoberto*.
758 Andrè-Légeron, *La paura degli altri* (Grandi Tascabili).
759 Fo Garambois, *Io, da grande, mi sposo un partigiano*.
760 Faulkner, *Sei racconti polizieschi*.
761 Butler-McManus, *Psicologia*.
762 Messina, *Sogno all'avana. I Buena Vista raccontano Cuba e la sua musica* (Stile libero con videocassetta).
763 Cortellessa, *Ungaretti* (Stile libero con videocassetta).
764 Governi, *L'uomo che brucia* (Stile libero).
765 Laing, *Conversando con i miei bambini*.
766 Machiavelli, *Discorsi sopra la prima deca di Tito Livio*.
767 *Tutte le poesie d'amore*. A cura di Guido Davico Bonino.
768 Saramago, *Storia dell'assedio di Lisbona*.
769 Mann, *Tristan* (Serie bilingue).
770 Brecht, *Mutter Courage und ihre Kinder* (Serie bilingue).
771 *I libri della Bibbia*. Salmi.
772 Freeman, *Come pensa il cervello* (Grandi Tascabili).
773 Ghosh, *Il cromosoma Calcutta*.
774 Fiori, *Il cavaliere dei Rossomori*.
775 Johnson, *Jesus' son* (Stile libero).
776 Nori, *Spinoza* (Stile libero).
777 aa.vv., *Disertori: racconti dalla frontiera* (Stile libero).

E 775 LA
STRADA CHE VA
IN CITTÀ
G.EINAUDO N
5ª ED. ST./SCR
EINAUDI
TB 00147596S4